「……これ、もしかしてダンジョンか？」
「PD――プライベートダンジョンへようこそなのです」
ダンポンは気の抜けるようなカワイイ声で言った。

牧野《まきの》ミルク
泰良の幼なじみだが、
現在は泰良とは
別の高校に通っている。
父親は最高峰の
ダンジョン探索家。
押野《おしの》 姫《ひめ》
世界一位の探索者である父と
超大手企業社長の母を持つ。
幼く見えるが正真正銘十八歳。
東《あずま》アヤメ
ミルクのクラスメートで、
プライベートな相談をするほど仲良し。
訪れたダンジョンでピンチに陥り――？

牧《まき》野《の》牛《ぎゅう》蔵《ぞう》
ミルクの父。
元プロボクサーだったが探索者に転向。
収入額も娘への愛も日本有数。
壱《いち》野《の》泰《たい》良《ら》
ごくふつうの高校三年生。
ダンジョンでゲットした缶詰ガチャが開いたり、
ドロップアイテムに恵まれたりと幸運の持ち主。
青《あお》木《き》
泰良の同級生。
男子高校生らしく口は悪いが、
女装をすれば天下をとれる童顔。

「男が女に指輪を送るときは嵌めてあげるものよ?」
「それ、婚約指輪とかの場合だろ……って、まぁいいか。小指でいいな?」
「うん。いまはそこでいい」
指輪をミルクの左手の小指に嵌める。指輪は魔道具のため、自動的にその指にちょうどいいサイズに小さくなった。彼女はその指輪を嬉しそうに見つめる。

幸運の初期値が異常に高かった高校生が、
缶詰ガチャで手に入れたスキルを使って
現代ダンジョンで
最強になる物語
1
時野洋輔
イラスト さす

# Contents


プロローグ……7

第一章　俺専用のダンジョンを手に入れた……23

第二章　たくさんのキノコとたくさんのＤ缶……57

第三章　堕《お》ちた石舞台《いしぶたい》ダンジョン……140

第四章　金髪の女忍者現る……187

第五章　溢《あふ》れ出た魔物の死の行軍……262

エピローグ……300

書き下ろしSS　アヤメと式神……308

# プロローグ

そこに入るための行列に並ぶこと二時間。そして決して安いとは思えない入場料を支払い、中に入っても人、人、人。

そこは大阪の梅田《うめだ》地下街のさらに地下にあるダンジョンだった。


十年前、突如として異世界から「ダンポン」という生物が現れた。

ダンポンは各国の首脳と交渉し世界中にダンジョンを生成。人々をダンジョンに誘った。

魔物との死闘、財宝の発見、そしてレベルアップによる成長。

まるでゲームのような、なんと夢のある言葉だろうか?

有名配信者が魔物を倒す動画は毎回百万回再生を突破し、さらにトップランカーと呼ばれる攻略者はその動画収入を全額寄付してもありあまるほどの財をダンジョンから得ている。

ダンジョン攻略は一種のスポーツ競技とされ、これまで高収入のスポーツといえばサッカー、バスケ、ゴルフ、テニス、日本だと野球だったが、いまではダンジョン攻略者が高収入ランキングベスト10を独占している。

そんな夢溢《あふ》れるはずのダンジョンだったのだが——

「これってダンジョン攻略っていうのか？」

俺、壱野泰良《いちのたいら》は初めて潜ったダンジョンの中、ブルーシートの上で周囲を見る。

探索者には前から興味があったが、知識も経験もゼロに等しい。それでも、ニュースとかで見るダンジョン探索は、こう、なんというかもっと派手だった気がする。

「贅沢言うな。レベル1のなんのコネもない探索者はだいたいこんなものだ。探索者希望以外も来ているらしいからな。有用なスキルを覚えたら就職にも有利だし」

俺の愚痴に、一緒にダンジョンに来た友だちの青木《あおき》が答える。

口は悪いが、顔は母性本能をくすぐる童顔というギャップありの十八歳だ。たぶん女装させたら天下を取れると思う。

青木の言う通り探索者志望以外にも人はいる。例えば近くには、明らかにサラリーマンっぽい人もいるくらいだ。

魔物を倒したらレベルが上がる。レベルが上がるとステータスが伸びるだけでなく、極稀《ごくまれ》にスキルを覚えることがある。戦いに役立つスキルがほとんどだが、「翻訳」「鑑定」「即席料理」といった日常にも使えるようなスキルも存在するらしい。戦いに関するスキルはダンジョンの外だと大きな制約を受けるのだが、しかし非戦闘スキルならダンジョンの外でも普通に使えることが多く、そういうスキルを求めてダンジョンにやってくる人間も結構いる。

だから、ダンジョンはとにかく人が多い。

俺は現在、ブルーシートの上に座り、スライムが湧くのを待っている。

かつてダンジョンの一階層では、誰かが戦っている魔物を奪う「横殴り」と呼ばれる問題が横行し、それが元で多くの事件も起きたのだが、最近だと、こうして並べられたブルーシートの上に座り、そのブルーシートの上に現れた魔物だけを倒す権利が与えられるシステムだ。魔物を探すという行為は必要ない。

ブルーシートの境界線に魔物が現れた場合は、魔物が移動してきたほうに倒す権利が与えられる。

「これなら石舞台《いしぶたい》ダンジョンに遠征したほうが効率いいんじゃないか？」

「あそこは押野《おしの》グループが買収して、ホテルの宿泊者専用ダンジョンになったぞ。最低一泊百五十万円。三年先まで予約が埋まってるらしい」

「げっ、マジかよ」

俺はそう言ってため息をついた。

そのとき、目の前が青く光り、そこから現れたのは青いスライムだった。

目も鼻も口もない、まるで大きなグミみたいな見た目の魔物だ。

突然のことに一瞬驚き、反射的に入り口で借りた棍棒《こんぼう》を振り下ろす。

ゴキブリを見つけたときに便所スリッパを振り下ろすような感覚だ。

スライムはぐしゃって感じに潰れ、光の粒子となって消えた。

その場に残ったのはゲームセンターにありそうな黒色のメダル――D《ディー》メダルだ。

これを換金所に持っていけばお金に換えてくれる。なお黒は一枚五十円。

三十分待って五十円……時給に換算すると百円。

入場料として千円払っていて、制限時間は八時間のため、このままいけば二百円の赤字予想だ。

「低レベルのダンジョン攻略者は儲《もう》からないって言ってたけど、マジだよな」

「本当にな」

と俺のぼやきに同調した青木の前にもスライムが現れたので、彼も叩《たた》き潰《つぶ》した。

「レベル10になれば二階層に行けて、効率も多少はマシになるみたいだけど、その前に貯金がなくなりそうだ」

「レベル10になるのにスライム七千匹だっけ？　俺、何歳になってるんだろ」

その後、七時間経過して倒したスライムは十五匹。

まだレベルは1のままだ。

だいたい二十匹倒せばレベル2になるそうだが、今日中のレベルアップは難しいだろう。

と思っていたとき、目の前が光った。

またスライムだろうと思っていたら、現れたのはスライムではなく、宝箱だった。

突然のことに興奮するが、周りは特に騒いだりしない。

一階層の宝箱から出てくるものはほとんどがガラクタだからだ。

しかし、中には一階層の宝箱に高性能なアクセサリーが入っていて、数百万で売れたって話もある。

「開けてみろよ」

「ああ――レアアイテムこい！」

俺は宝箱を開けた。

中に入っていたのは缶だった。

真っ黒な円柱状の缶。

大きさは桃缶より少し大きいくらい。

金属でできていると思う。

取り出すと、宝箱は死んだ魔物のように消えてなくなった。

「D《ディー》缶じゃないか」

青木が缶を見て言う。

「D缶ってなんだ？」

「ダンジョン缶。特定の条件を満たせば開いて中のお宝が取り出せる缶だ。売れば千円にはなる。中身は開けてみるまでわからない」

「ゲームのガチャみたいなものか」

「実際に、缶詰ガチャなんて呼ぶ人もいるぞ」

千円貰《もら》えれば入場料は戻ってくるが、初めての宝箱のアイテムなので自分で使いたい。

軽いし振っても音がしない。空っぽじゃないかと思ったが、D缶は全部そういうものらしい。

開けてみるまでわからないってことか。

「自分で開けるよ——缶切り持ってる……わけないよな」

「普通の缶切りじゃ開かないって」

「缶切りじゃ無理って、プルタブもないしどうやって開けるんだ?」

普通の缶詰ならどこかに開封方法でも書いてありそうなものだが、これにはそういう情報は何一つ書かれていない。

「わからん」

「え?」

「どうやって開くかはわからない。魔物を倒したときに開いたとか、十年持っていたら開いたとか噂《うわさ》はあるが、D缶が開く条件はひとつひとつ異なる。とあるコレクターはD缶を百万個以上持っていたらしいが、開いた缶はそのうち百個とからしい。D缶は中身もバラバラで、ドラゴンの卵が入っていたという話もあれば、ツナが入ってたって話もある」

「ツナって本当に缶詰じゃねぇかっ!?」

「そういうもんだ。売ったほうがいいと思うぞ」

青木はそう言うけれど――目の前の缶を見る。

もしかしたら開けられるかもって思ってしまう。

「とりあえず持って帰るよ。売るのはいつでもできるし」

「そうか。まぁ、あんまり固執するなよ。D缶を開けようとして人生狂った奴《やつ》は大勢いるからな」

「わかった」

と言ったところで、俺たちのダンジョン探索（?）の初日は終わった。


そして帰りの電車の中で、青木が言う。

「壱野。俺、ダンジョン探索者になるのやめるわ」

「まぁ、金もかかるし時間もかかるからな……でも、お前、十八歳になったらダンジョン探索者になるって子どもの頃からの夢だったじゃ……」

「やってみてわかったんだが、俺、スマホ無しで八時間とかマジで耐えられん」

そういえば、青木はスマホ依存症だったと思い出す。

学校の休み時間もほとんどスマホで動画見ていたし、小説や漫画も全部電子書籍派だし、スマホ用のモバイルバッテリーも常に持ち歩いている。

ダンジョン内に、電子機器、危険物、薬などを持ち込むことはできない（ダンジョン内で見つかったものは除く）。

持ち込もうとしてもダンジョン入り口の結界に弾かれてしまうからだ。

「あ、このメダル、いつでもいいから換金しておいてくれ」

「わかった……先に、金払うよ」

Dメダルの換金所はどこも平均一時間の行列だ。そのため、だいたいの探索者は一度のダンジョン攻略では換金せずに数日分纏《まと》めて換金する。

俺は黒コイン十六枚分——八百円を青木に渡した。

Dメダルの個人間の売買は禁止だが、この程度は容認されている。

結局、この日はせっかく市内に来たのだからと「ビクローおじさんのチーズケーキ」を買って電車に乗り、家に帰った。


母さんに、ダンジョン探索の愚痴をこぼし、自室のベッドに横になった。

鞄《かばん》から取り出したのはD缶。

「ツナにドラゴンの卵か」

ドラゴンの卵なんて出てきた日には数十億円から数百億円で取引される。税金で半分以上取られても人生何周も遊んで暮らせるだろう。

「ステータスオープン」

俺は天井の照明に向かってそう叫ぶ。

---

壱野泰良：レベル1
換金額：0D（ランキング：－）
体力：15／15
魔力：0／0
攻撃：3
防御：2
技術：5
俊敏：3
幸運：100
スキル：無

---

すると、このような画面が目の前に浮かび上がる。

ダンジョンに一度入ると、誰もがこのような自分のステータスを見ることができるようになる。他人に見せることはできない。

ステータスが高い低いはわからないが、たぶん凡人のステータスだと思う。

幸運値は最初、100固定だろうか？

簡易解説サイトによると、幸運値が高ければ、ドロップアイテムの出現率が増えたり、確率で発動するスキルなどで効果が出やすくなるらしい。ただし、僅かな違いでしかなく誤差の範囲だって書いてあったから、あんまり気にしなくてもいいのだろう。

Dメダルは換金額に応じてデータが纏められ、それによってランキングも作成される。

トップランカーは一日で何千万、何億も稼ぐという。夢のある世界だ。

しかし、凡人には遠く及ばない夢のようだ。

ダンジョンの多くは『安全マージン』が用意されていて、特に日本国内のダンジョンはほぼすべて、確実に倒せる強さの魔物が出る階層までしか行くことができない。一攫《いっかく》千金を夢見て、危ない階層に行くことはできないのだ。

だから、低レベルのうちは低階層でしか戦えない。

しかし、低階層は人が多く、特に入場料が安いダンジョンは今日みたいに満員御礼状態。

さっき青木に奈良の石舞台ダンジョンの話をしたけれど、インターネットの情報サイトで見たところ、やっぱりホテルの宿泊客以外入れないらしい。

もっと効率よく経験値を稼ぎたい。

「俺専用のダンジョンがあればなぁ……」

企業ならともかく、ダンジョンを個人で所有している話は聞いたことがない。

「ん？」

突然、持っていたD缶が光り出し、缶の蓋が開いたっ!?

なんで？　いや、そんなのどうでもいい！

俺はその中身を見た。

「……え？」

そこにあったのは……真っ赤なガラス玉？　もしかして宝石か？　ルビーかな？　と期待しながら手に持ったのだが、この触感がそれを違うと告げていた。

においを嗅いでみて予想が確信に変わる。

間違いない、これ、飴玉《あめだま》だ。

ツナ缶じゃなくて、ドロップ缶かよっ！　しかも一粒って。

「これが本当のドロップアイテム……ってうまいこと言ってるつもりかよっ！」

でも、もしかして——という興味から、俺はネットで検索をかける。

【D缶　飴玉】

検索結果55，100件。

ん？　D缶から飴玉が出るのは普通なのか？　って思って見たら、D缶そっくりの缶詰に入ったドロップ飴が大阪で有名な製菓会社から発売しているらしい。そういえばＣＭで見たような気がする。

その検索結果のせいで、Ｄ缶から飴玉が出たという情報が見つかりにくい。

そんな中、ある掲示板のスレを見つけた。

---

【Ｄ缶から出た飴玉を舐めたらスキルを覚えたんだが質問ある？】
１：名無しの探索者
ある？
２：名無しの探索者
＞＞１
嘘乙
３：名無しの探索者
俺も覚えた、ＮＴＲってスキル
そしたら彼女がいなくなった
４：名無しの探索者
＞＞３
イマジナリー彼女が消失したのか

5：名無しの探索者
＞＞3
彼女ならいま俺の隣にいるよ
■このスレッドは過去ログ倉庫に格納されています

……うん、酷《ひど》い。

この情報を元に、【D缶　飴玉　スキル】で検索しても、やっぱりまともな情報は出てこない。

だったら、飴玉を鑑定してもらうか？

いや、こういうアイテムの鑑定費用五千円が相場で、高校生の俺にとっては結構な大金だ。

五千円払って、「ただの飴玉ですね」って言われた日には立ち直れない。

「男は度胸」

俺は飴玉を舐めることにした。

徐々に舐めて溶かしていく。

イチゴ味だ。

いつもの癖《くせ》で飴玉を噛《か》みそうになるのを我慢し、さっきの掲示板では『舐めたら』って書いてあったのでそれを信じて舐め続ける。

舐め終わったが、特に変化はない。

やっぱりただの飴玉だったのだろうか。

肩を落としながら、念のためにステータスを確認すると最後にある文字が浮かんでいた。

【スキル：ＰＤ生成】

「――っ!?　スキルが増えてる」

ＰＤ生成？

くそ、これじゃわからない。なんだ、ＰＤって、プレイリードッグか？

ネットで纏められている現在発見されているスキル一覧から探すも、そんなスキルはない。

スキルの使い方は二種類。

パッシブスキル――自動的に発動するスキルと、アクティブスキル――能動的に発動させるもの。

発動させてみようと思って手を前にかざすが――

怖くなったので庭に移動して試してみる。

「ＰＤ生成！」

ダンジョンの外で発動するスキルかはわからないけど、とりあえず手を前に出してそう言った。

「え？」

目の前に地下に続く階段が現れた。

俺が驚き呆《ほう》けていると、

「泰良、庭で何してるの？」

母さんがサンダルを履いて庭に出てきた。

「え？　いや、これは――」

やばい、勝手に庭に階段なんて作ってしまって怒られる。

と思ったら、母さんは階段に気付いていないのか真っすぐ俺のほうに、階段のあるほうに近付いてくる。

「母さん、危ない！」

「危ないって何が？」

母さんは階段の上を歩いて俺に近付いてきた。

宙に浮かんでる？

「母さん、下」

「下って、どうしたの？」

母さんが自分の足下を見る。

「何もないじゃない」

それは、地面がないという意味じゃない。

なんの変哲もない地面があるという意味で言っているのだろう。

母さんには階段が見えていないようだった。

「もう夜も遅いんだし早く寝なさいよ」

「わ、わかった」

部屋に戻っていく母さんを見送り、俺は息をのんでその地下への階段に足を踏み入れる。

母さんみたいに俺も入れないんじゃないかと思ったが、すんなり一段下りることができた。

そして、地下に降りようとしたとき、持っていたスマホが弾かれた。

スマホを持って入れない結界がある。

「……これ、もしかしてダンジョンか？」

そして俺はようやくＰＤの意味に辿《たど》り着く。

俺にしか見えていないダンジョン――ＰＤ《プライベートダンジョン》だ。

# 第一章

# 俺専用のダンジョンを手に入れた

俺は一度玄関に戻り、スマホを下駄箱の上に置いて、

「ちょっとジョギングしてくる」

と母さんに嘘《うそ》を吐《つ》いて庭に行き、スキルにより作られた階段を下りていく。

ゆっくり歩いて行くと、そこには換金所があった。

「いらっしゃいませなのです」

そこにいたのは普通の換金所の職員ではなく、目と口だけがある三〇センチほどのマシュマロだった。

異世界生命体ダンポン。

彼らが世界中のダンジョンを生み出した張本人だ。

いまでは換金所の奥に引っ込んであまり見ることはなくなったが、ダンジョンができた当初はいろいろなメディアに引っ張りだこだった。

ダンポンはメディアを通じていろいろなダンジョンの秘宝を紹介した。薬だけでも、痩せる薬、髪の毛が生えてくる薬、病気を治す薬と様々だ。

ダンポンたちはその薬を政府や各国の要人、大富豪たちに売り大金を得ている。そうして獲得

した現金は、冒険者が持ち込んだアイテムやDメダルとの交換用として、各ダンジョンの換金所にストックされる。

　Dメダルが換金所で現金に換えられるのはそういう理由だ。

「PD――プライベートダンジョンへようこそなのです」

　ダンポンは気の抜けるようなカワイイ声で言った。

　やっぱりPDはプライベートダンジョンの略で正解のようだ。

「お客様は初めてなのですね？　PD《プライベートダンジョン》の説明は必要なのです？」

「お願いします」

「はいなのです。PDは、ソロ専用、つまりあなた専用のダンジョンなのです。通常の方法で他の人が入ることはできないのです。次に、PDの中は外に比べ一〇〇分の一の時間しか流れないのです。ここに一年間いても、外の世界では三日と半日程度しか経過していないのです。それに伴い、肉体の成長、老化も一〇〇分の一しか進まないので安心してほしいのです。あ、レベルは普通に上がるのですよ」

　時間の流れが変わる。完全に停止するわけじゃない。

　これってかなり重要なことだな。しっかり覚えて、帰ってからメモを取っておこう。

「次に、PDを生成する際の注意なのですが、半径五〇〇メートル以内に他のダンジョンがあると、中で繋《つな》がってしまう可能性があるのです。その場合、こちらから他のダンジョンの中に入ることは可能なのですが、他のダンジョンからPDに直接戻ることはできないのです。他のダンジョンに移動した瞬間に時間の流れは通常に戻ってしまうので、そちらも注意が必要なのです。それと、PDは二か所以上同時に開くことはできないのでこちらも注意してほしいのです」

「理解しました」

この辺りはダンジョンがないから問題ないな。

「ダンジョンはどこにでも作ることができるのですか？」

「作ることができる場所は、入り口となる階段が造れるくらいに広くてダンジョンの真上とダンジョンの中以外ならどこでも可能なのです」

この場合、地下に別の部屋があったらどうなるんだって疑問があるかもしれないが、そもそもダンジョンは本当に地面の下にあるわけではなく、異空間であるから問題ないらしい。

「次に、PDは実際に行ったことのあるダンジョンの階層の情報を元にしか生成することができないのです。お客様は梅田《うめだ》ダンジョンの一階層以外に行ったことがないので、そこから派生するダンジョンしか生成できないのですよ」

それは少し面倒だが、逆に言えば安全マージンは確保されているってことだよな。

ＰＤに潜って、いきなりドラゴンに遭遇する――なんてことはないわけか。

「最後に、プライベートダンジョンでは魔物や宝箱の発生頻度を調整することが可能なのです。調整できるのはこの部屋のみとなりますのでご注意ください」

「設定の変更？　宝箱が山ほど湧く部屋も可能ってことか？」

「いえ、宝箱と魔物の発生頻度は連動していますので、宝箱だけというのは不可能なのです。湧く頻度も通常の五倍までになっているのです」

梅田ダンジョンに出るスライムだったら棍棒《こんぼう》一撃で倒せる。

五倍の量が現れても平気だろう。

「武器のレンタルはしてますか？」

「当店ではレンタルではなく販売のみとなっているのです」

そういえば、梅田ダンジョンで武器を貸してくれるのはダンジョンの経営者で、ダンポンは携わっていなかった。


「棍棒はいくら？」

「10D《ディー》なのです」

「D？　ってDメダル？」

俺は黒いDメダルを見せる。

換金所もあるかもしれないと思って持ってきた。

「はい。そちら十枚で販売しているのです」

「黒いコイン十枚……五百円か。逆にDメダルの換金はできますか？」

「生憎《あいにく》、このダンジョンは政府、企業との取引がないため、現金への換金は難しい状況なのです。他のダンジョンと繋げていただけましたら、そのダンジョンのダンポンと交渉し、融通することができますので、それ以降でお願いするのです」

ダンポン同士で取引とかもあるのか。

「説明は以上になるのですが、できることなら、Dメダルはある程度当店に預けてくれると嬉《うれ》しいのです。持っているDメダルが少なすぎると、詳しくは言えないのですが個人的にちょっと困ったことになるのです」

「……はい、わかりました。全部とはいかないまでも、ある程度は預けます。これからダンジョンに潜ってみるので、魔物の湧く速度五倍でお願いします。それと棍棒も買わせてください」

「はい、お気を付けてください」

ダンポンから棍棒を買い、俺は礼を言ってダンジョンフロアに向かう。

金属の扉がある。

梅田ダンジョンでは開きっぱなしになっていたが、ここは閉じていた。

その扉を思いっきり押して中に入ると——

いきなりスライムがとびかかってきた。

「ひょっ」

恥ずかしい声を上げながら、俺は咄嗟《とっさ》に棍棒を振り下ろす。

スライムはその一撃で倒れ、Dメダルが落ちた。

梅田ダンジョンだと何時間も並び、さらに何十分も待たないと倒せなかったスライムがこうもあっさりと。

さらにダンジョンのあちこちにスライムがいた。

これが俺の求めていたダンジョンだ。

まるでスイカ割りのスイカのようにスライムを次々に倒していく。

そして――

---

壱野泰良《いちのたいら》：レベル2
換金額：10D（ランキング：10M～〔JPN〕）
体力：17／17
魔力：0／0
攻撃：5
防御：4
技術：6
俊敏：4
幸運：103

スキル：PD生成

レベルアップしてる！

あと、棍棒を買った行為も換金とみなされるらしく、ランキングに載っていた。

日本ランキング一千万位より下ってことか。

確か、トップランカーになると、日本ランキングと世界ランキングが同時に出るって話だったが、俺にとっては縁のない話——いや、PDがあれば完全に縁がないとは言えないか。

とにかく、レベルを上げるぞ！

と思ったら宝箱を見つけた。

当然、中身を見る。

入っていたのは長い剣だった。

棍棒卒業といきたいが、装備できない。

適正レベルとか、剣術スキルの有無とかではない。

ダンジョンで手に入れた武器が刃渡り一五センチ以上の剣である場合、緊急時を除いて許可なく使用することを禁止するという法律が存在するからだ。

それを破った場合、ダンジョン内であっても銃刀法違反で逮捕される。

一度ダンジョンの入り口に持ち帰り、ダンジョンの管理者経由で「ダンジョン産銃砲刀剣類登録証」を入手しなくてはいけない。

プライベートダンジョンで見ている人間が誰もいない、地下なのでお天道様すら見ていないとは言っても、ルールは守らないと。

あと、持ち歩いていたらやっぱり重いので、一度それらを持って帰る。

帰ると、ダンポンがレトロな携帯ゲーム機で遊んでいた。

てか、手も足もないのに念動力で器用に操れるものだなぁ。

「コイ〇ングが五百円？　これは買いなのです」

ダンポンが呟《つぶや》いた。

……あぁ、うん、あのゲームやってるのか。

「あのぉ」

「あ、お客様、お帰りなさいなのです」

「ただいま。すぐ戻るけれど。この剣の所有申請できますか？」

「はい。二日ほど時間がかかるのですが可能なのです」

とダンポンがパソコンを取り出した。

剣の所有用の申請、パソコンでやるんだ。電源ケーブルだけでＬＡＮケーブルが繋がっていないってことは、この部屋Ｗｉ－Ｆｉ飛んでるんだ。ていうか電気があるのか？

俺はスマホやパソコンを持ち込めないけれど、ダンポンは持ち込めるらしい。それとも、ダンジョンで発掘されたのだろうか?

「武器の預かりは三本まで無料、剣の所有申請は20D必要なのです」

1Dは黒メダル一枚で、黒メダルは五十円で換金できるから千円ってところか。

黒メダルはスライムがいっぱい落としたので支払いは余裕だ。

剣を預かってもらうついでに、手に入れたDメダルも全部ダンポンに預け、ダンジョンに戻る。

さらにスライムを狩り続ける。

三時間くらい狩ったところで、レベル4になった。

そのとき、スライムが消えた後に残ったのは黒メダルと、一本の一升瓶だった。

「スライム酒か!」

スライムが穀物等を食べて体内で発酵させた……らしいお酒だ。

ドロップ率は驚異の〇・一パーセント――つまりスライム千匹に一本の割合で出る。

スライムのドロップアイテムの中では激レアだ。まぁ、しょせんはスライムなので値段はたかが知れているが、換金所の買い取り価格で三万円だったはず。

俺一人で独占できるんだ。

そりゃ数時間スライムばっかり倒せばスライム酒も出るよな。

「レベル10までスライム七千匹……スライム酒七本……二十一万円か」

思わず笑みが零れた。

ただ、今日は疲れたので、一度家に帰ることにした。

家に帰って玄関に戻ると、ちょうど父さんが帰ってきたところだ。

こんな時間までお仕事お疲れ様です――って思ったけれど、まだ夜の七時か。

ダンジョンの中にいたせいで時間の感覚がおかしいことになっている。

「ただいま、それともおかえりか？　それで、ダンジョンはどうだったんだ？」

父さんが優しい口調で尋ねる。

「ぼちぼち……あ、これダンジョンで出たから飲んでいいよ」

「これ……スライム酒じゃないかっ！　売れば凄《すご》い額になるぞ」

うん、三万円は凄い額だ。

「いや、父さんから貰《もら》った小遣いで入ったダンジョンで手に入れたものだし」

「……ありがとう。大事に飾って、お前が二十歳になったら二人で開けて飲もうな」

まるで初任給で子どもからプレゼントを貰った親のような表情をしている。

いや、父さんからしたら同じような気持ちなのかもしれないが。

「大袈裟《おおげさ》だって。欲しければまた取ってくるから。パーッと飲んじゃいなよ」

「また取ってくるって、そう簡単に――いや、そうだな。うん、そのときは頼む」

父さんはそう言うと「わかってるよ」という顔をして深く頷《うなず》いた。

そして、家に帰ると――

「泰良、もう帰ったの？　いま出て行ったばかりじゃない」

と母さんに呆《あき》れられた。

ジョギングに行って数分で帰ってきたように思われたのだろうな。


翌朝、少し早起きしてＰＤでスライム狩りをする。

レベル５になった。

とはいえ、レベルが上がるにつれて必要な経験値も増えていく。

集めたメダルを全部ダンポンに預けたところ、昨日の分と合わせて合計千二百八十一枚だった。三十枚は既に使っているので千三百十一枚集めていた計算だ。

レベル10になるためにスライムを七千匹倒す必要があるというから、あと約五千七百匹。

まだまだ先は長い。


一回のノルマを宝箱が出るまでと決めた。

棍棒の扱いにも慣れてきた。

少し疲れてきたらダンポンのいる部屋で休息をとる。

レベルが上がったお陰か、レベル上げを始める前に比べ、寝つきもよく疲労の回復が速い気がする。

昨日の夜、梅田ダンジョンの情報まとめサイトを読んでわかったのだが、宝箱はスライムを約五百匹倒すとダンジョン内のどこかに現れるらしい。

これは非常にわかりやすい指標になる。

時計もないし、スマホも持ち込めない、太陽の光も差し込まないダンジョンの中だと時間の感覚がおかしくなり、いくらでも籠ってしまう。なので宝箱が出るまでという目安はわかりやすい。

梅田ダンジョン一階層の広さは五メートル四方のブルーシートを並べて一万人収納可能って言っていたから、二五万平方メートル。だいたい甲子園球場六個分くらいだ。

真四角のダンジョンだったら宝箱が出ても見逃すことはないだろうけれど、結構入り組んでいる。体感ではかなり広い面積を歩いている気がする。

宝箱はどこに出てくるかわからないし、同じ場所で狩り続けたらスライム狩りの効率も落ちるから、常に歩き続けている。

梅田ダンジョンだと地図とか案内標識、スタッフがいるので迷うことはないが、ＰＤでは地図も自分で覚えないといけない。

これは大変だ。

そう思いながらスライムを狩り続け、ようやく宝箱を見つけた。

今日の狩りはここまでだ。

ちなみに、中身は——

「水晶？」

紫色のクリスタルのようなものが入っていた。

値打ちものだろうか？

ダンジョンについては俺はそれほど詳しくない。あとでスマホで調べてみよう。


一度仮眠を取り、風呂に入ってから学校に向かう。

母さんに「なんであんな（短い時間の）ジョギングでこんなに汗をかくの？」って怪しまれたが適当に誤魔化した。


そして真面目に授業を受ける。ＰＤの中で仮眠を取ったけれど、疲れは完全に取れていないのか少し眠い。あそこは寝袋も何もないからゆっくり眠れないいんだよな。

それでもなんとか頑張り、昼休みになった。

青木《あおき》と一緒に弁当を食べながら、昨日のダンジョン探索について話をした。

昨日、青木はダンジョン探索者をやめると言って、親からかなり怒られたらしい。

「なんでまた？　親御さん、ダンジョン探索者になるの反対してたんじゃなかったっけ？」

「ああ。説得するのにかなりかかった。でも昨日は、男が一度決めたことを簡単に翻すなって——殴られるかと思ったよ」

「そこは殴られなかったんだ」

「うちの親父、レベル32だぞ？　さすがに自制できるって」

ダンジョン内のステータスはダンジョンの中でその真価が発揮されるが、ダンジョンの外でも少しは影響が出る。

レベル32といえばステータスもそこそこ高いだろう。

「親父さん、警察官だっけ？　やっぱり警察官はレベル高いんだな」

ダンジョンができてダンジョン探索者が増えてから、その探索者による犯罪も増えたからな。取り押さえる警察官にもレベルが求められるようになった。

犯人が探索者なら、ダンジョンの奥に逃げ込むケースもあるし。

とはいえ、ダンジョンの外だとレベルによる恩恵は少なく、さすがに拳銃の弾を素手で受け止めるような凶悪犯はいまのところ現れていないが。

「じゃあ、探索者を続けるのか？」

「いまはバイトする。金をためてダンジョン留学する」

「ダンジョン留学って、かなり高いだろ？　マジかよ」

「物価の安い国に行けば、それでも三百万くらいだな」

梅田ダンジョンのような場所でレベルを10に上げようと思ったらかなり時間がかかる。それに安全マージンのことを考えると、人が少なくても何週間もかかる。

だが、海外のダンジョンの中には安全マージンのない、つまりレベル1でも深い階層に潜れるダンジョンがある。

その中で、安全に魔物を狩る方法が確立しているダンジョンに行って強制的にレベルを上げるための旅行のことをダンジョン留学と呼ぶ。

だいたい二週間でレベル15くらいになって帰ってこられるってわけだ。

「バイトって何をするんだ？」

「なに？　アルバイトを探してるの？」

クラスメートの水野《みずの》さんが声をかけてきた。

三つ編み眼鏡という昭和の学級委員長のような彼女は、

「アルバイトなら新聞配達はどう？　私もやってるけど、みんな優しいし、朝の運動にもなって一石二鳥だよ？　私、新聞配達始めてから学校に遅刻したことないし」

と定番のアルバイトを勧めてきた。

水野さん、新聞配達のバイトしてるのか。

「いや、俺朝は無理だ」

「だったらコンビニは？　私のバイト先で募集の貼り紙あったよ」

水野さん、コンビニでもバイトしてるのか。

「いやぁ、ダンジョン関係がいいな」

「だったら――」

と水野さんがあれこれバイトの紹介をしてくれる。

この人、どれだけバイトに詳しいんだろう？

青木にこれのことを聞こうと思っていたが失敗したかな。

宝箱の中にあった水晶について聞こうとしたら――

「ん？　お前、配信クリスタルなんて買ったのかよ。高かっただろ？」

と青木が俺の水晶を見て言った。

「配信クリスタル？」

「違うのか？　そう見えるが」

「それってなんだ？」

「知らないのかよ。ダンジョン内で配信するための道具だよ」

え？　普通ライブ配信とかってスマホや専用機材などを使って行うよな？

あ、そうか。ダンジョンは結界があるせいでそれらを持ち込むことができないんだった。

ダンポンはパソコンを使っていたが、あれは例外だろう。

だったらどうやってダンジョン内の配信をするのか？

俺がダンジョンについて調べ始めたのはつい最近のことなので知らなかったが、そのために使うのがこの配信クリスタルらしい。

「そのクリスタルは周囲からの映像情報をダンジョンの外に送ることができるんだ。動画配信だけでなくて、必要な情報を外部から送るのにも使える。メール……いや、ポケベルみたいに文字の情報の受信も可能なのがそのクリスタルだ。こう、壁に文字が映し出されるんだ」

スマホで動画配信用のクリスタルを検索した。

ダンジョン局主催のオークションで売られている。

……って高っ!?

平均落札価格十万円って。

「ダンジョン内だと結構出るんだが、それ以上に需要が高い——ってそうだ！　俺、ダンジョン映像編集者の資格を取る！」

「は？　バイトはどうしたんだよ？」

「資格を取ったらダンジョン配信映像の編集のバイトも見つかるだろ？　さっそく申し込むわ」

と行動力が神がかっている青木はさっそく講習を申し込んでいた。

俺も気になったので調べてみたが、受講料九万円とバカ高い。

よくこんなの躊躇《ためら》いもなく申し込めるな。

「資格か……やっぱり資格があったほうが割りのいいアルバイトがあるのかなぁ……でもお金が」

と水野さんも資格について悩んでいた。

家に帰った俺は、さっそく庭のダンジョンに行った。

ダンポンはまだゲーム機で遊んでいた。

俺に気付いたので、

「こんにちは」

と挨拶をすると、

「こんにちはなのです」

とカワイイ声で挨拶を返してくれた。

そして預けていた棍棒を受け取り、スライムを倒しに行く。

泊まり込み（現実世界だと二十分ほど）で行う予定だ。

目標は三千匹——宝箱六個分。

今のペースで戦えば、一分で三匹くらい倒している。倒すときは一撃だが、探すのに時間がかかる。

一分で三匹なら二十時間で三千匹。

さすがに休憩を入れる必要もあるから、丸一日の作業だ。

スライム一匹につき黒コイン一枚、五十円。

三千匹なら十五万円か。

ただ、ダンポンとの約束でDメダルの換金はこのダンジョンで換金ができるようになるまではほどほどにと言われているので、それまではスライム酒が俺のメイン収入となる。

三千匹でスライム酒の期待値は三本か。

宝箱から配信用のクリスタルが出てくれたら二個目以降は売っていけばいいんだが、そう簡単には出ないだろうな。

宝箱一個目出るまでが長く感じる。

ようやく出た宝箱の中身はピンポン玉サイズの黒い魔石だった。魔石は日本政府が脱炭素エネルギーとして注目しているもので、最優先買い取り対象になっている。が、この魔石なら売っても五百円くらいにしかならないだろう。

しかし、この魔石のお陰で日本の電気代は非常に安くなった。

世界中の火力発電所の発電量が十年前に比べて一割未満になったっていうから凄い話だよな。

コインと魔石の色は黒↓白↓黄↓赤↓青↓紫↓銅↓銀↓金の順番で高くなる。

紫までは冠位十二階と同じ順番だ。

実は金色より上のメダルがあるそうだが、未《いま》だ発見には至っていない。

あくまで噂《うわさ》の話だが、金色の魔石だと同じ大きさのものが五百億円で売れるらしい。それだけ莫大なエネルギーを秘めているということだろう。

その後も宝箱から出るのは安い品やガラクタばかりだった。

むしろ価値があるのはスライム酒のほうか。

三千匹だと期待値では三本しか出ないはずのスライム酒が七本も出た。

確率の偏りに感謝だ。

さて、これをどうやって販売するか？

ダンジョンからのドロップアイテムを買い取ることができる業者は限られている。

普通のリサイクルショップで売ることはできない。

売れる場所は三種類。

①販売所で売る。
国から許可を貰っているダンジョンの商品を卸す場所だ。

ここに持っていけば、ダンジョンで手に入れたものならガラクタ以外だいたい買い取ってくれる。

ものによっては高価買取もある。
②ダンジョン局主催のオークションに出品する。
これは週に一度、いろんな場所で開催されているもので、値打ちものなどが取引されている。

通常買い取り価格の数十倍の値段がつくこともあれば、最低価格でも売れないことがある。

③換金所で売る。
これは最低価格での買い取りだ。

持ち運ぶのが面倒なガラクタなども買い取ってくれる。

なお、ここで売られたものはダンポン経由でオークションに出品される。

どれを選んでも、個人情報に紐づけされて収入が記録される（所得隠しはできない）のだが、販売所やオークションで売るときにスライム酒を何本も持っていけば、いったいどうやって入手したのか怪しまれる。

なので、一本は販売所で売って、それ以外はダンポン経由で売るのがいいと思う。

高校生だし、とりあえず数万円あれば十分だろう。

ということで、次の日の放課後、俺は電車に乗ってダンジョン販売所に行くことにした。

そこで、俺は思わぬ人と再会することになった。

薄いピンク色の髪をポニーテールにした少女がこちらを見て、驚いた声をあげる。

「え？　泰良？」

「…………え？　ミルク？」

彼女は中学まで一緒の学校に通っていた牧野《まきの》ミルクだ。ちなみに変わった名前だと思うが本名である。

高校は別なので疎遠になってしまったが。

「ミルク、なんだよ、その髪の色。高校デビュー？」

「違うわよ。染めてない。覚醒したの」

「え？　マジで!?」

覚醒とは、魔力に目覚めることを言う。

十八歳近くになると、一万人に一人の確率で魔力に目覚め、魔法が使えるようになる。

そのときの魔力が強いと髪の色が本来とは異なる色になることがある。

レベルを上げても魔力が0な俺と違って、ミルクにはレベル1のときから魔力がある。いや、覚醒者の中には最初からレベルが高い人もいるから、レベル1とも限らないのか。

「まさかこんなところで会うなんてな」

「本当だね。地元だと家は近いのにほとんど会わないんだもん。え？　泰良、探索者になったの？　そういえば四月生まれだもんね」

「ああ、一応な」

「ってことは青木も？　たしか青木も同じくらいの誕生日だったよね？」

「あいつは探索者一日目で挫折した」

「あはは、青木らしいね」

ミルクが懐かしむように笑った。

昔はよく三人で一緒に遊んだもんな。

「ミルクももう十八歳になったのか？」

「私の誕生日覚えてないの？　五月五日って覚えやすいのに」

あ、そうだった。

女の子なのに端午の節句生まれって言っていたっけ。

てことは、まだどんな魔法が使えるかわからないのか。

ダンジョンに入らないと魔法は使えないし、一回ダンジョンに入らないとステータスが表示されない。

「ゴールデンウィークにね、私が十八歳になったお祝いを兼ねて、家族で石舞台《いしぶたい》ダンジョンに行くんだ」

うわぁ、石舞台ダンジョンって、確かホテルの宿泊者限定で一泊最低百五十万って言ってなかったか？

そこに家族全員で行くとか、さすがはお嬢様だ。

「だから、そこで使えるボウガンを買おうかなって」

「え？　ダンジョンのボウガンってかなり高いんじゃなかった？」

「うん。私も値段見て驚いたよ。一番安いのでも、矢三十本込みで五百万円だって」

ダンジョンの中には地上の武器を持ち込めないし、ドロップアイテムや宝箱の中にも飛び道具は存在しない。

だったらボウガンは？

　というと、なんとこれ、ダンジョン内の素材でできていて、しかもダンジョンの中で作られた武器なのだ。

　ダンジョンの素材を加工できるのは鍛冶師だけなのだが、その鍛冶師になるために必要な鍛冶スキルを持っている人が非常に少なく、結果、とんでもない価格に跳ね上がっている。

「でも買ったんだろ？」

「うん、お父さんからカードを預かってるから」

　とミルクはブラックカードを俺に見せた。

　友だちがセレブすぎる件について。

「泰良は？」

「俺はこっち」

　とスライム酒の酒瓶を取り出す。

「これ、お酒!?　ダメだよ。成人したって言ってもお酒は二十歳になってから！」

「違うよ。売るほうだ」

「あ、ダンジョンで手に入れたんだ。スライム酒でしょ？　うわ、宝くじに当たったくらいの幸運だね。泰良、昔からくじ引きよく当たっていたからやっぱり運がいいんだ」

「そこまで大袈裟じゃないって。あとくじ引きの話はしないでくれ、トラウマだから」

たった〇・一パーセントの話だろ?

と言って、俺はカウンターに持っていく。

「すみません、これの買い取りをお願いします」

「はい——え? これ、お客様が?」

「はい。ダンジョンでスライム倒して手に入れました」

「しょ、少々お待ちください」

店員さんが少し慌てた様子で店の奥に行き、代わりに出てきたのはモノクルを掛けた男。

「スライム酒ですね……これをここで買い取り? オークションに出されてはどうですか?」

「今すぐお金が欲しいんですよ。買い取れませんか?」

「買い取れないことはありません……一本約三十万円になりますがよろしいでしょうか?」

「え!? 一本三万円じゃないんですか?」

「それは換金所での通常買い取りの場合です。いまは品薄なので値段も高騰しております」

「へぇ、ラッキー。じゃあそれでお願いします」

品薄だから高騰か。

てことは、大量に持ち込んだ場合、全部三十万円以上で買い取ってくれるってわけじゃないんだな。

もしかして、父さんもこのことを知っていたからあんなに驚いていたのかな?

買い取り手続きをしてもらっている間、買う物を考える。

水が出る魔道具があった。魔石を入れたら水が湧く水筒――って一本五百万!?

とてもではないが買えないので、普通の水筒にする。後は寝袋と枕はＰＤでの仮眠に必須だな。

荷物を運ぶためのリュックサックも。

これらはドロップ品ではなく探索者向けのメーカーが作っている品だ。

他にも便利そうなものを購入していく。

通常のよりお高いが、三十万という大金の前だと安い安い。

買うことにしよう。

「ミルクにも今度何か奢《おご》ってやろうか?」

調子に乗ってミルクに提案をする。

「いいの？　じゃあパンケーキ食べたい。今度の休みに――」

と話をしていると二十歳くらいの金髪のお兄さんが優しい笑みで近付いてきた。

「ねぇ、ちょっと君」

「え?」

「さっきのスライム酒、俺に売ってくれないか。三十五万出す！」

俺がスライム酒を売るって話を聞いていたのか?

「悪い話じゃないだろ?」

「ちょっと、お兄さん。ダンジョンのドロップ品って個人売買は禁止だよ。友だち同士でこっそりってのならありだけど、こんな場所で持ちかけていい話じゃないよ」

「うるせぇ！　外野は引っ込んでろ！　なぁ、頷くだけで五万円得するんだぞ？」

「悪いですけれど、彼女の言う通りです。たとえ倍額積まれても売るつもりはありません」

「テメェっ……いいから黙って売りやがれ」

と男が押し殺したような声で恫喝《どうかつ》してきたところで警備員が走って来るのが見えて、男は舌打ちして逃げるように離れていく。

「なんだあいつ。そこまでしてスライム酒が飲みたいのか？」

「たぶん転売目的だと思う」

「転売？」

「スライム酒は品薄だから、オークションで売ればもっと高い金額で売れるんじゃないかな？」

そういえば、店員さんもオークションを勧めてくれていたっけ。

正式な査定が終わった。

買い取り額は三十一万円らしい。

一万円が誤差の範囲って凄いな。

お金はダンジョン探索者用の銀行口座に入金される。

ここに入金していると、スマホでＤａｎ‐Ｐａｙ《ダンペイ》払いができるのでいろいろ便利だ。

カウンター近くのテーブルに行き買い取り用紙に記入する。

お金は現金ではなく、探索者用の個人認証カードに入金してもらい、そのカードを使って選んだ商品を購入。

合計額七万円と、先日までの俺なら目が飛び出るくらいの額だったが、今の俺には安い安い。

……いや、少しドキドキしてる。

買い物をしていると――

「なぁ、スライム酒入荷したんだろ？　売ってくれよ。この店だと販売価格五十万くらいだろ？」

「買い取りはしましたが、まだ販売するまで手続きがありまして」

「そう言って上客に売るつもりじゃないだろうな？　俺はずっとここにいるから、他の客に売るのは無しだぞ」

さっきの金髪の男が店員に詰め寄っていた。

もう俺の関わるところじゃない。

販売価格五十万か……それでも買うっていうのならオークションで売ればよかったかな？

俺はまだ用事があるからと、ミルクとはここで別れた。

別れ際、高校に入学したときに買ってもらったスマホの番号を教え、さっき話していたパンケーキをご馳走《ちそう》する約束で次の日曜日、お昼にここで会う約束をした。

そして、俺はもう一つの目的のため、ある場所を目指す。

梅田の地下街の中央広場。

梅田D《ダンジョン》とは少し離れているそこに、ダンジョンに続く階段があった。

販売所に行く前にここにPDの入り口を作っていたのだ。地下に続く階段が現れたというのに、みんな驚きもしない。

階段の上を歩いて行く人もいる。

やっぱり俺にしか見ることができないし、俺にしか入れないダンジョンなのだと再認識させられた。

なんでここにPDを作ったのか？

それはもちろん、PDのダンポンと梅田Dのダンポンを接触させて、Dメダルを換金できるようにするためだ。

一時間もあれば終わるって言っていたので、もう十分だろう。

PDを消そうとすると、階段が簡単に消え、普通の床に戻った。

なんともあっけない。

そして、電車に乗り、家に帰った俺は庭に再度PDを開いた後、階段を下りてダンポンに尋ねる。

「ダンポン、どうでした？」

「はい！　交換してきたのです」

お、Dメダルを無事にお金に換えられたようだな。
よかった、よかった。
「サ〇ダースとブー〇ターで！」
ダンポンが通信ケーブルを振り回して言う。
ゲームの話か。ダンポンの間でポ〇モンが流行《はや》っているのはよくわかった。
なお、ちゃんとDメダルの換金もしてくれていたようだ。

ステータスを確認する。

---

壱野泰良：レベル7
換金額：４０５２Ｄ（ランキング：50ｋ～１００ｋ〔ＪＰＮ〕）
体力：37／37
魔力：０／０
攻撃：19
防御：15
技術：19
俊敏：17

幸運：128
スキル：PD生成

---

お、順位が一千万以上から、一気に十万位以内に変わっている。

まぁ、ダンジョンで食べていける人間って一万人もいないって言うし、スライム狩りで挫折した人が多いのだろう。

自由に狩り放題でも一日で終わる数じゃないもんな。

何しろ七千匹だし。

そう考えると、初日に挫折した青木は英断だったのかもしれない。

そしてダンジョン内も少し改善された。

仮眠用の寝袋と枕を設置。この寝具、寝心地がとてもいい。

マットレスが要らないレベルだ。

このままここで寝起きをしてもいいレベル。

そして、非常食を持ち込んだ。

カロリーメイトと水だ。

これで長時間潜ることができるな。

スライム狩りは今日も好調だ。

そして好調なのはもう一つ。

スライム酒が結構な割合で出る。

三百匹に一本のペースだ。

千匹に一本とはなんだったのか？

確率の偏りが激しい。

いちいち持って帰るのが面倒な感じだ。

階段に並べているのだが、そろそろ上り下りの邪魔になってくる。

「ダンポン……これ、買い取り頼めますか？」

「スライム酒、一本三万円で買い取るのです」

販売所の一〇分の一か。

でもここで売れば出処を詮索されなくていい。

それに、いま市場に出回っているスライム酒は非常に少ないって聞く。

飲みたい人が飲めないのってかわいそうだし、可能な限り市場に出そう。

「うん、じゃあとりあえず十本ほど頼みます」

「……うっ、僕が換金できるのは二十万円までなのです……友だちからあまりお金を借りられなくて」

「そうなのか。だったらダンポンがこれを売って金に換えればいいんじゃないですか？　最低落札額三万円プラス手数料で売りに出せば最低額を下回ることはないでしょう？　売れたあとで金を払ってくれればいいから」

「それはいい考えなのです。でも、それだとお客様がオークションに出せばいいのでは？」

「そうしたいんですが、ＰＤの説明を他の人にできない以上それはできないんです」

こんな能力、他人に知られたら嫉妬の嵐だろうし。

せめて俺が有名探索者になるまでは隠し通したい。

確定申告のある今年いっぱいでどこまで強くなれるかが勝負だ。

「わかったのです。では出品するのです。梱包と配送は僕に任せるのです」

「ええ、任せました」

「それと、さっき剣の所有申請が通ったのです。これが『ダンジョン産銃砲刀剣類登録証』なのです。ダンジョンの外に持っていくときは常に持ち歩いてほしいのです」

とダンポンは一枚のカードを俺に渡した。

こんな風になってるのか。

感謝して受け取る。

といっても、スライム相手に剣はまだ使わない。

さて、スライム狩りを続けるか。

# 第二章

## たくさんのキノコとたくさんのD缶

俺の前にD《ディー》缶が十個ある。

宝箱から出たわけではない。

購入したのだ。

D《ディー》メダルを換金したその金で。

売れば千円って話だったが、ネットオークションだと五千円（送料込み）くらいが平均落札価格だった。

そんな中、十個セットってのが即決価格五万円のD缶を見つけたので、即決購入。

それが今日届いたわけだ。

もちろん開け方はわからない。

ただ、俺のダンジョン生活はD缶から始まったから、縁起ものとしていくつか買っておこうと思ったのだ。

ネットで調べたのだが、D缶の中身は宝箱と違ってどこで入手したのかは関係ないらしい。

一階層で出たD缶の中身がレアアイテムのこともあれば、深い階層で出たD缶に消しゴムが入っていたこともある。

共通することは、中身が缶に収まるサイズってことかと思うが、D缶より大きなものが出たという噂《うわさ》もある。

ちなみに、この缶、とても頑丈で核爆弾級の威力にも耐えられるので、防具にしようとする試みがあったが、結局うまくいっていないらしい。

この缶は衝撃を完全に受け流す。

たとえば首を守っていた場合、D缶が受ける衝撃は全部首に、胸を守っていた場合は胸に衝撃が加わる。

斬撃から守れるという点では有効かもと思ったが、斬撃の場合、斬撃そのものの威力を受け流すので結局斬られたのと同じ状況になってしまう。

それでは使えない。

そしてD缶ともう一つ報告が。

土曜日、無理してレベル10にまで成長した俺だったが、なんと二つ目のスキルをGETした。

スキルはレベルが上がると一定の確率で覚えるという。

レベルが高くなるほど覚えやすくなるらしく、レベル10まででレベルアップによってスキルを覚えられる確率は一割にも満たないらしいから、運がいい。

もしかして、高い幸運値が作用しているのだろうか？

覚えたスキルは、魔物や宝箱の気配がわかる気配探知だった。なんで宝箱に気配があるのかはわからないが。
　改めてステータスを確認する。

壱野《いちの》泰良《たいら》：レベル10
換金額：９２５１Ｄ（ランキング：10ｋ～50ｋ〔ＪＰＮ〕）
体力：52／52
魔力：０／０
攻撃：30
防御：28
技術：29
俊敏：24
幸運：１３８
スキル：ＰＤ《プライベートダンジョン》生成　気配探知

　ちなみに、ここまででスライム酒は三十本出た。
一本は父さんに。一本は販売所に売り、残りは換金所経由でオークションで販売。

昨日、最初のオークションが行われたが平均二十万円くらいで落札されているらしい。

一本だけ俺とは違う奴《やつ》が最低落札額六十万で出品していたが、ダンポンが追加で二十本のスライム酒を売りに出しているため、誰も落札しようとする奴はいなかった。

もしかして、あの販売所にいた金髪の兄さんだったりして。

今回は二十万で売れたが、安定してスライム酒を売れば徐々に値段も下がっていくだろう。

「やったぞ、ダンポン！　レベル10になった！」

「おめでとうなのです！　僕もジムバッジ八個揃《そろ》えたのです！」

「そっちもおめでとう！」

相変わらずゲームばかりしているな。

ここで休憩する時間も増え、ダンポンと話をする時間も増えた。

タメ口の許可を貰《もら》ってからは、さらに仲良くなった気がする。

できれば俺も一緒にゲームをやってモンスターの交換や対戦をしたりしてあげたいが、ダンジョン内にゲーム機を持ち込めない。

「ダンポン。それでレベル10の証明書を欲しいんだけど。名前と国籍有り、生年月日は無しで」

「証明書の発行手数料は20D《ディー》です」

「うん、頼む」

「記載するのはレベルだけでいいのです？　スキルは書かなくていいのですか？」

「んー、気配探知を頼む」

証明書とは自分のレベルや所持スキルを証明するカードのことだ。

全記載で発行依頼したら身分証明書としていろいろな手続きにも使える正式なカードだ。

海外でも通用するっていうのだから、パスポートレベルの書類である。というか、トップレベルの探索者はパスポート代わりに使うことができる。

偽造不可能の異世界技術で作られているのだから当然だ。

梅田《うめだ》ダンジョンの二階層に行くにはレベル10が必要だから取得した。

このカードは、ダンジョン産銃砲刀剣類登録証と違ってダンポンが発行を行っているので、即時発行も可能だ。

「はい、できたのです」

顔写真付きの証明書だ。

名前とレベルと気配探知のスキルだけ書かれている。

この状態だと身分証明書としてはほとんど使えないんだけど、梅田ダンジョンの二階層に行くだけならこれで十分だ。

「明日はまた梅田ダンジョンと接続できるようにしておくからな」

「はいなのです」

ダンポンが笑顔で言う。

ダンジョンのスライムよりもスライムらしい動きだ。

「それと、預けていた剣って梅田Ｄ《ダンジョン》の換金所からも取り出せるんだよな?」

「はい、手続きしているのです」

「助かる」

ダンポンが預かった武器はダンジョンとは別の異空間に保管されていて、ダンポンならどこからでも取り出せる。

世界中の学者がその理論について研究しているが、まだ解明されていない。

さて、明日は梅田ダンジョン二階層に行くぞ。楽しみだな。


始発電車に乗って梅田に到着。

電車で三十分かかるのに、こう何度も来るとはな。

交通系ＩＣの残高が心もとなくなってきたのでチャージしておく。

前回と同じ場所にＰＤを設置し、そして、やってきた梅田Ｄ《ダンジョン》。

今日も凄《すご》い行列だよな。

ダンジョンから出てくる人もいる。夜勤組だな。お疲れ様。

俺はレベル10以上の入場口に行く。

ここはあまり並んでいない。

だって、レベル10になるには一日八時間、六百回もダンジョンに通わないといけない。

普通に働いている人には難しい。

本気でレベル10を目指す探索者は少ないのだろう。

ちなみに、二階層の入場料は三千円と少しお高い。

そして、並んでいる人は少ないのだが、列はまったく進まない。

十分くらい経過したところで一斉に進み、受付に行く。

「お願いします」

「いらっしゃいませ。梅田ダンジョンの二階層の探索は初めてですか？」

「はい、初めてです」

「では二階層の探索について説明させていただきます。二階層での魔物狩りは完全交代制の区分け方式で行われます。指定された区域の中で自由にダンジョン探索をなさってください。制限時間は一時間で、一日二度まで挑戦できます。区域の説明は全員が揃った後で行われます。二階層に出てくる魔物は歩きキノコとスライムが主ですが、稀《まれ》にゴブリンが出てきます。ゴブリンはスライムや歩きキノコと比べると狂暴ですし、最初は木の棒を持って現れますが、探索者が置いている剣などの武器を盗んで使用する場合がありますので、装備品は放置しないでください。ゴブリンに盗まれた剣のせいで事故が起きた場合、罪に問われる可能性があります」

「わかりました――」

俺の剣はなまくらとはいえ十分凶器だ。

管理には気を付けよう。

さらに、歩きキノコと戦うときの注意点も教わる。

「説明は以上となります。質問はありますか？」

「預けている武器の取り出しってどこでできますか？」

「武器の取り出しについては、待合室で可能です」

という感じで受付は終わり、三千円を支払った。


待合室に行くと十五人の探索者が待っていた。

一階層にいる人と違って、ちゃんとした装備をしている人もいる。

みんな武器を持っているので、先に荷物をコインロッカーに預け、武器を受け取ることにした。

「すみません、預けている武器を受け取ります」

「はい。探索者カードか証明書をご提示ください」

「お願いします」

さっき発行されたばかりのレベル10の証明書を出す。

「壱野泰良様ですね。どの武器を引き出しますか？」

「剣を」

「鉄剣ですね。どうぞお受け取りください」

受付の女性が箱から鉄の剣を取り出す。

あの箱がダンポンの管理する武器などを保存する空間に繋《つな》がっているらしい。

剣を腰に差して座る。

まるで病院の待合室みたいな場所だと思った。

「ねぇ、君も大学生？」

と隣にいた若い赤髪の男の人が声をかけてきた。

覚醒者だろうか？

イケメンだ。

たぶん化粧もしている。

「似たようなものです」

大学生と高校生。うん、似てる。

「そうか。僕は響翔《ひびきかける》。二階層初挑戦の大学生。よろしくね」

「壱野泰良です。同じく初挑戦です」

俺が挨拶をすると、何故《なぜ》か響さんは微妙な顔をした。

気に障ることでも言っただろうか？

「やっぱ、僕のこと知らないか。マイチューブでは登録者五千人行ってるんだけどまだまだだな」

「へぇ……」

「あ、登録者五千人って大したことないって思っただろ？　二階層にも入れてなかったダンジョン配信者が五千人って凄いんだからね」

「スライム狩りばかりする動画って見ごたえありませんものね。ちなみに広告料ってどのくらいなんですか？」

「だいたい動画一本で一万円くらいの広告収入かな」

高校生にとっては大金だけど、大学生だとどうなんだろ？

ダンジョン探索のライブ配信って最低二人一組って話だから一人で得られるお金じゃないだろうし普通にアルバイトをしたほうが稼げそうだ。

「それで、君。よかったら君も僕の会社でダンジョン配信者にならない？　って言っても二人だけの小さい会社だけど。顔も悪くないし、君には光るものを感じるんだ。もちろん配信用クリスタルは無料で貸し出すよ」

「いえ、俺、そういうの興味ないんで」

「そうか、残念だ。でも名刺を渡しておくから興味出たら電話してきてよ」

響さんはそう言って俺に名刺を渡してくれた。

ダンジョン配信者ねぇ。ＰＤをダンジョン配信したらさすがにヤバイことになるだろうな。いや、時間の流れが違うからそもそも配信は無理かもしれない。

響さんは結局その後勧誘を一切せず、雑談に付き合ってくれた。いい人だと思う。

二階層の探索の時間になる。

全員で移動を開始。

ブルーシートに座ってスライムが湧くのを待っている一階層探索者たちの横を通り過ぎ、二階層に続く階段を下りていく。

さて、狩りの時間だ。

気配探知を使って魔物を探すとすぐに見つかった。

歩きキノコだ。

エリンギのような足の生えた中型犬サイズのキノコがこちらに向かって走って来る。

攻撃方法は体当たり。

男性相手だと、急所《コカン》を狙ってくるので注意が必要だという。

ドロップ品としてキノコがあるんだけど、見た目では毒キノコかそうでないかの区別がつかないため、鑑定をしないと持ち帰りできないって言われた。

なお、鑑定をしなくても一本五百円で買い取ってくれるらしい。

「いきなり出たな」

剣で叩《たた》き潰《つぶ》すとDメダルと一緒に赤いキノコが落ちていた。見た目毒キノコっぽいけれど、全部この色らしい。

キノコを拾い、背負っているリュックに入れる。

そして探索再開。

スライムが出てきた。

色が赤色で、赤スライムっていうそのまんまの名前らしい。

普通の青いスライムとの違いがわからない。

これが赤スライムだったら、俺がいつも狩っているのは青スライムじゃないか？

とりあえず、一撃で倒した。

色がいつもと違うスライム酒が出たのでこれもリュックに入れる。

結構大きいリュックなので余裕だ。

ゴブリンと戦いたいと思っていたが、出てきたのは結局歩きキノコと赤スライムだけだった。

ゴブリンはここでは珍しいって言っていたから仕方ないか。

そろそろ制限時間だ。

歩きキノコを二十三匹倒してキノコが二十本も出た。

ドロップ率六〇パーセントって書いてあったけれど、やっぱり俺は他人より少しだけ運がいいのだろうか？

スライム酒は一本だけだったが。

制限時間になり、ダンジョン内に鐘が鳴り響く。

俺は出口に向かった。

一階層でスライム狩りという名のスライム出待ちをしている人たちを横目にダンジョンを出て、レベル10以上探索者用の待合室に。

先に換金を済ませる。

「お願いします」

DメダルはPDのダンポンに渡すので、キノコだけの買い取りだ。

合計二十本。

ちょうど一万円になるだろう。

「こんなにですかっ!?」

「はい」

「か……かしこまりました」

受付の男性は驚いたようだった。

情報サイトに普通、キノコは全部換金するほうがいいって書いてあったけれど、もしかして、鑑定してもらって持って帰るのが普通なのか?

でも、鑑定料って五千円とかするし、五千円払って鑑定した結果、「食用キノコです。あんまりおいしくないですね」

なんて言われたらつらいので全部売る。

「Dメダルの換金はよろしいですか？」

「そっちは今度、纏《まと》めてするので」

「かしこまりました。キノコの買い取り額はこちらになります」

と明細書を渡された。金は口座に入金されるらしい。

ロッカーで着替えを済ませたところで、他の探索者が戻ってきた。

響さんに挨拶しようかとも思ったが、お腹が空いた。

鞄《かばん》からスマホを取り出し、時間を確認。

まだ朝の八時か。

思ったより早く終わった。

どこかモーニングをやっているカフェでも探して食事にしよう。


カフェでモーニングを食べ終えて少し休憩した俺は、そのまま服屋に行った。

いま着ている服が少し汗臭いんじゃない？　そもそもミルクが行くような店だとドレスコードとかありそうな気がする——と思って、ちょっとお高い店で買って着替えることにした。

だが、服のセンスが俺にはわからない。

結局、店員に言われるがままに購入。

全部で八万という高校生の俺にとっては目が飛び出る額だったが、自分でも気に入ったのでDan-Pay《ダンペイ》で支払い、試着室を借りて着替えると、荷物はコインロッカーに預けて待ち合わせ場所に向かう。

約束の七分前に到着したところ、まだミルクは来ていなかったが、

「お待たせ!」

約束の時間五分前にミルクがやってきた。

「さっきまでダンジョンに潜ってたから待ってないよ」

「さっきまでって、え?　昨日の夜から」

あ、そういえば普通、一階層は八時間潜る。

現在は十一時だから、昨日の夜から潜っていたと思われてもおかしくない。

「冗談だ」

「そうだよね。服も洗濯したてみたいに綺麗《きれい》だし。うん、似合ってるよ」

買ったばかりです——とは言わずに二人でパンケーキの店に向かう。

ここから少し歩くらしい。

って、これ本当にパンケーキの店ってここかっ!?

高層ビルのスカイラウンジとか初めて来た。

本日は予約しているお客様のみご案内しています——と看板に書かれていた。

「予約していた牧野《まきの》です」

ミルクが予約してくれていたらしい。

ってあれ？　なんか一番奥の席に通されたんだけど、他の席と明らかに違う豪華な個室の席で
——もしかしてこれってＶＩＰ席ってやつじゃ……深く考えるな、俺。

窓からは大阪の街並みを一望することができる。

「綺麗な景色だね」

「ソウダネ」

青木《あおき》とだったら、「見ろ、人がゴミのようだ」と独裁者ゴッコをするところだが、そんな雰囲気ではない。

服、新調してよかった……普段着のままだったら絶対浮いてたよ。

メニューを見る。

パスタとパンケーキのコース料理で千二百円だった。

思ったより安いな……って思ったら違った。

一万二千円だ。

しかも飲み物の料金は別。

「ごめん、思ったより高いね。前来たときはメニューを見ないでパパが注文してくれてたから」

ミルクはお嬢様だけど、常識はある。

昔はよく友だちと集まって駄菓子屋に行ったたし、これを高いと思えるだけの金銭感覚はあるようだ。

「いいよ。このくらいは余裕だ。てか俺から誘ったんだからランチコースくらい奢《おご》らせてくれ」

「頼もしいね。じゃあお願いするよ」

ということで、ランチコースとブドウジュースをそれぞれ注文。

先に来たブドウジュースで乾杯する。

生搾りブドウジュースらしく、味が濃厚だ。

ただ、これで千三百円かと思うと少し考えてしまう。

ブドウジュースの味を堪能《たんのう》しているとミルクが話題を振って来る。

「そういえば、スライム酒のニュース読んだ？」

「スライム酒のニュース？　何それ」

読んだ？　って聞くってことはテレビじゃなくてスマホで得た情報だろう。

ダンジョン関連の細かい情報はテレビよりネットニュースが主流だ。

もちろん、デマも多いが、最近はそういうものを規制する法律も整ってきたので、信憑性《しんぴょうせい》は高くなってきている。

「コレクターがスライム酒をいっぱい放出して、大幅に値下がりしてるんだって。泰良、あのとき販売所で売って正解だったね。もしもオークションに出してたら十万円くらいにしかならなかったもん」

「あぁ……そうなんだ」

それ、原因は俺だな。

今朝もダンポンに頼んで放出してきた。

「……ん？　コレクター？　お酒のコレクターってこと？」

「うん、あの量だもん。普通の探索者が手に入る数じゃないよ。しかも最近また売られているらしいし」

「まぁ、ドロップ率〇・一パーセントだもんな。一人で集めるには難しいか」

「〇・一パーセントは最低幸運値を満たしている場合ね」

「最低幸運値？」

「泰良、知らないの？　もうダンジョンに潜ってるのに？」

「いや、俺は青木に誘われて先週初めてダンジョンに行ったけれど、それまで詳細な下調べはしてなかったから」

最低限しか調べていない。

初心者の立ち回りとか、装備に必要な予算とか、ダンジョンの入場料とか。

そして、ミルクから聞いて初めて知った。

最低幸運値について。

アイテムのドロップ率には最低幸運値というものが設定されている。

その最低幸運値未満の場合、アイテムのドロップ率は著しく減少する。百分の一とか千分の一とか。

スライム酒の最低幸運値は50。

この場合、幸運値が1であろうと49であろうと、スライム酒の出現率は〇・一パーセントどころか、一〇〇万分の一を下回る。

幸運値によるドロップ率の変化は大したことがない――って俺が斜め読みで知った情報はここから来ていたらしい。

そして、情報サイトのスライム酒のドロップ率〇・一パーセントというのは最低幸運値を満たしたときの初期値であり、幸運値が高ければさらにドロップ率は上昇していき、幸運値１００で〇・二パーセントくらいにはなるという。

「でも、幸運値50ってみんな満たしてるんじゃないか？」

初期値１００だろ？

最初から満たしている。むしろ全員〇・二パーセントなら、ますます価値が……

「何言ってるの。幸運値は最初は多くても7とか8とかでしょ？　幸運値はレベルが上がっても運が悪かったら全然増えないし、幸運値50なんて滅多にいないわよ」

「……え？」


最初は多くて7とか８？

幸運値は滅多に上がらない？

俺、最初は１００で、レベル上がるごとに毎回幸運値が増えてるんだけど。

ミルクの奴、冗談を言っているのか？

と思ったら、彼女はスマホの画面を俺に見せてきた。

そこに幸運値の平均値が書かれている。

レベル１の平均値は５？

レベル10で８!?

レベル50でも幸運値20とか、マジか!?

「幸運値は高くなれば高くなるほど上がりやすくなるから、レベル１００超えてる人なら幸運値50超える人もいるけど、そんなレベルの人はまずスライムなんて倒さないもの。もっと効率よくお金を稼げる魔物がいるから。だからスライム酒は高かったの」

ミルクの話を聞きながらスマホの画面を凝視していると、画面が着信画面に切り替わる。

『パパ』

って表示されていた。

「ごめん、ちょっと外で話してくる」

とミルクが外に向かってすぐにサーモンとイクラが載った美味《おい》しそうなサラダが運ばれてきた。

先に食べたかったが、ミルクが戻ってくるのを待ちつつ、自分のスマホで情報サイトの最低幸運値について調べる。

どうやら今朝のキノコも最低幸運値があり、その値は80。

それ未満の場合でもドロップ率は五パーセント～六パーセントと決して低いわけではないらしいが、なるほど。

そりゃキノコ二十本も持っていったら驚くわけだ。

今度から梅田Ｄ《ダンジョン》に行くときは気を付けないと。

そう考えていたらミルクが戻ってきた。

ただ、少し機嫌が悪そうだ。

「ごめん。先に食べてくれていてよかったのに」

「電話、大丈夫だった？」

「うん。パパが私のために無駄遣いしたらしくて、ちょっと怒っちゃった」

「ボウガンみたいなの？」

「ううん、経験値薬っていう薬。一本飲むだけでスライム千匹分の経験値が入るんだって」

「へぇ、いいじゃん。レベルは10にするまでが大変だし」

俺もそんな薬があるなら買って飲みたかった。

「それだけで五百万円よ？」

「高っ!?」

「材料に特殊なキノコを使うらしくてね。それが滅多に出回らないらしくて」

へぇ、キノコね。

もしかして、俺が今朝売り払ったキノコ……なわけないよな、さすがに考えすぎだ。

「でも、お金の問題じゃないの。泰良が真面目に頑張ってるのに私だけ薬を飲んでレベルを上げるって卑怯だと思わない？　ただでさえ石舞台《いしぶたい》ダンジョンにもお金で行くようなものだし」

「そりゃ……でもミルクの親父さんってベテラン探索者だから、低レベルのときの苦労をよく知ってるんだよ」

俺は言葉を選び、ミルクを怒らせないように、でも彼女のお父さんを庇《かば》うように言った。

ミルクのお父さんは結構有名な元プロボクサーの探索者だ。

昔から忙しい人で、子どもの頃からミルクの家に遊びに行くことはあったが直接会ったことは一度もない。

関西地方の換金ランキングは三位。

探索者だからこそ低レベルのときの苦労を知っているし、魔力に覚醒したミルクに期待しているんだと思う。

ていうか、卑怯だって言うのならＰＤ使っている俺のほうが卑怯だもんな。

幸運値だって初期値１００だし。

「そうだけど」

「それに、ミルクがダンジョンに潜れるのはまだ先だろ？　俺は先に行ってるんだ。薬を飲んででも追いついて来いよ」

「追い越しちゃうかもよ？」

「なめるな。これでも独自のダンジョン攻略法を生み出して絶賛成長中だぞ。それこそミルクの親父さんより強くなってやる」

「――っ!?」

俺がそう言うと、ミルクは少し驚き、そして愉快そうに笑った。

さすがに関西三位を越えるという宣言は酷《ひど》いか？

「わかった。じゃあ待ってて。私もすぐに追いつくから！」

ミルクに笑顔が戻ったところで、サラダを食べるか。

なお、パンケーキのふわふわ感はまるで雲を食べているかのようで美味しかった。

ちなみに、ダンジョン探索者の食事代は体力づくりのため基本経費で通用するそうだとミルクに教わった。
確定申告か……ちゃんと考えておかないとな。
最後にPDを回収し、家に帰った。
そして部屋に帰ると置いてあったD缶が一つ開いていて、中に飴玉《あめだま》が入っていた。

幸運値か？
幸運値138のお陰か？
鑑定所に持って行って、鑑定してもらおうかと考えた。
スキルを覚える飴玉だって鑑定してもらえば、かなり高く売れるだろう。
それこそ数億で取引される可能性だってある。
一生遊んで暮らせる額になる。
だが、さっきミルクに、もっと強くなって待っていると言ったばかりだ。
俺が強くなる決意をしたタイミングで開いたD缶。
それに何か意味があるような気がした。
だから俺は、お金よりスキルを取る。
俺は飴玉を舐めた。
スキルを覚えた。

新しく覚えたスキルは『詳細鑑定』だった。
……って、え？　詳細鑑定？　普通の鑑定じゃなくて？

インターネットのスキルについてまとめられている情報サイトで鑑定スキルについて調べる。

---

スキル：鑑定　レア度★★★★☆　価値：★★★★★
未鑑定のダンジョンの品について簡易な情報を得ることができる。
これを取得すると鑑定士の資格が貰える。

---

とあった。
ちなみに鑑定士の平均年収は三千万円らしい。
鑑定スキルが非常に珍しく、成り手が少ないからだそうだ。
鑑定スキルが生えただけで勝ち組と言われる。
だが、詳細鑑定についての記載はない。
やっぱり珍しいスキルなのだろうか？

こういう非戦闘スキルはダンジョンの外でも使えることがあるというので使ってみる。

ダンジョンの品ということで、手元にあるのは赤スライムが落としたスライム酒だな。

鑑定を使ってみると、情報が一気に頭の中に入って来る。

【赤スライム酒：赤スライムが落としたキノコ薬酒。軽い病気なら治す効果がある】

え？　スライム酒じゃないのか。

赤スライム酒で検索をかける。

って、うおっ!?

換金所買い取り額十五万、販売所買い取り額百二十万、過去五年間のオークション平均落札相場二百十一万三千二百五十一円!?

なんか凄いレアなものだった。

次はＤ缶を調べてみる。

飴玉が入っていた、現在は空のＤ缶だ。

【Ｄ缶（空）：中身がわからない缶。開け方は千差万別。滅多に開くことがない。最高の強度を誇るが、開封後はその強度を失う】

こっちは知っている通りだな。

でも、これって普通の鑑定と一緒じゃないのか？

詳細ってなんだ？

と思った直後、追加の情報が頭に入ってくる。

【開封条件：その日に敵からドロップした未鑑定の品を一度に二十個以上換金所に売る】

開封条件が出てきた!?

俺の決意とか関係なく、キノコを二十個売ったのが条件だったみたいだ。

D缶ってどうやって開くかわからないはずだったが。

もしかして——

ともう一つ、ＰＤ生成スキルが入っていたD缶を見てみる。

【開封条件：幸運値１００以上の状態で自分専用のダンジョンが欲しいと願う】

また出た。

確かにダンジョン独り占めしたいと願ったわ。

幸運値１００の人間が滅多にいないって言ってたし、レベル１００以上の人だと人が少ない深層階のダンジョンに行くことができるから、ほぼ独り占め状態であり、そんなこと願ったりしない。

低レベルで幸運値１００の俺にしか開けられないD缶ってことか。

次は未開封の缶を詳細鑑定してみる。

【開封条件：琵琶湖《びわこ》ダンジョン二十三階層の祭壇に供える】

出た！

未開封の缶でも開封条件がわかるんだ。

琵琶湖ダンジョン二十三階層なんて行けるわけないから絶対に開けられないけど。

【開封条件：レッドグリズリーの口の中に入れる】

【開封条件：攻撃値２００以上の状態で殴りつける】

【開封条件：十人以上に所有権を移し五時間経過（現在九人目）】

【開封条件：ポイズンスライムの溶液をかける】

【開封条件：沸騰したお湯に一分以上入れる】

【開封条件：一年間土に埋める】

【開封条件：ドラゴンの牙で切る】

【開封条件：体力２００、俊敏１５０以上の状態で腰に装着し、フルマラソンで完走する】

条件がバラバラすぎる。

とりあえず、今すぐ開けられるのはお湯に一分以上だな。

缶の所有権移譲は母さんに渡したらいいのか？

とりあえず実験開始だ。

お湯で湯煎すると本当にＤ缶が開いた。

中に入っていたのは、

【コーンスープ：温かいコーンスープ。とても美味しく、健康にもいい。一人前】

とのこと。

ってスープ缶じゃんっ！

湯煎したから出来立てのホカホカだよ！

一口スプーンですくって飲んでみる。

今日食べたランチのスープ以上にうまいコーンスープだった。

「あら、いい匂いね。コーンスープ作ったの？」

「母さん食べる？」

「いいの？」

「うん、俺は食べたから」

幸せのお裾分けってやつだ。

その後、母さんに「いくらしたの？　どこで売ってるの？　やっぱり成○石井？」としつこく尋ねられ、誤魔化すのに苦労した。

スライム酒（赤じゃないほう）を父さんにプレゼントしたら、驚かれた。


その日の夜。

ちょっと散歩してくると言って、ＰＤに入った。

ダンポンは相変わらずゲームをしている。

少し気になって、ダンポンのゲーム機を鑑定してみる。

【携帯ゲーム機：かつて流行した携帯ゲーム機】

お、出た。

さらに詳細鑑定。

【ダンポン生成物：ダンポンによって生み出された地球の品のコピー品】

まさかのコピー品だった。

ゲームを遊ぶのに超技術使いすぎだろ。

「ん？　タイラ、いま詳細鑑定を使ったのです？」

ダンポンがこっちを見て言う。

詳細鑑定に気付いたのか。

「ああ。わかるのか？」

「もちろんなのです。これは違法コピー品じゃなくてゲーム会社の許可を取ってるのですよ？ちゃんとライセンス料は支払ってるのです」

「いや、そんなことは思ってないよ」

「そうなのですか。詳細鑑定は珍しいスキルなのです。この世界ではまだタイラしか覚えていないはずなのですよ。さすがはＰＤ生成の所有者なのですよ。運がいいのです」

「それだ！　俺、幸運値が最初から１００あったんだけど、これって異常なんだよな？」

「僕は前例を知らないのです」

「なんでこんなに幸運値が高いかわかるか？　実生活だとそんなに運がいいって感覚はないんだが」

「ステータスはダンジョンの外では影響が少ないのです。でも、本当に運がいいって思ったことはないのです？」

そんな運がいいってことはない。

ギャンブルとかもしないし。

いや、ジャンケンは結構強いかな？　五回に四回は勝つレベルだ。

子どもの頃はくじ引きでよく当たりを引いていたが、あれは運がいいとは思えない。むしろトラウマな事件の引き金になった。

「理由は僕にもわからないのです。まぁ、ラッキーだと思ったらいいのです」

「ダンポンにもわからないのなら、考えても仕方ないか」

「………………タイラ、ここのボタンを押してみるのです」

「え？　うん」

ダンポンに言われ、俺はゲーム機のボタンを押す。

もしかして、これで何かわかるのだろうか？

すると――

「やったのです！　ケン○ロスを捕まえたのです！　これで友だちに勝てるのです」

「あ、よかったね」

ゲームの話か。

ケン○ロスってそんなに入手難易度高いのだろうか？

そのゲーム、あんまり知らないんだよな。

「ダンポン。梅田ダンジョンの二階層に行ったんだけど、これでこのＰＤでも梅田ダンジョン二階層に行けるか？」

「できるのですよ。設定するのです？」

「頼む」

「――はい、手続き完了したのです。地下一階層のどこかに二階層に続く階段があるはずだから、そこから下りるのです」

俺は礼を言うと剣を取り出してもらい、ＰＤに潜った。

そして、ダンポンの言う通り、一階層の奥にこれまでは存在しなかったさらに地下に続く階段がそこにあった。

階段を下りていく。

特に雰囲気に違いは感じないが、赤スライムがいきなり現れたので倒す。

二階層に現れる魔物についてはさきほどネットで確認済み。

歩きキノコ。ドロップアイテムはキノコで、最低幸運値は80。ただ、ドロップ率そのものは高いのでスライム酒よりは出現率が高い。

赤スライム。歩きキノコを食べたスライムの変異種という設定らしい。歩きキノコと遭遇すると捕食する。ドロップアイテムはスライム酒（赤）。最低幸運値は70。ドロップ率は普通のスライム酒と同じくらいだけど、必要な最低幸運値が高いためレベル１００の冒険者でも滅多に手に入らない。

ゴブリン。猿並みの知能のある魔物。梅田Ｄで初めて怪我《けが》したっていうのはだいたいこいつが犯人。過去に三人殺しているが、いずれも武器を奪われたことによる事件。というのも、初期装備の木の棒は非常にもろく、頭を殴られても気絶すらしない程度の強度らしい。レベル10の探索者なら負けることはない。ドロップアイテムは魔石（黒）。最低幸運値5。ドロップ率も高く、初めてのドロップ品がこの魔石って探索者も多いらしい。

ゴブリンは赤スライムも歩きキノコも両方とも食べる。

二階層のカースト最上位モンスターってことか。

経験値はスライムが1、歩きキノコが2、赤スライムが3、ゴブリンが5と書かれている。

つまり、最低でも効率二倍ってことだ。

レベル10だとどれも余裕で倒せる。

安全マージンってやつだ。

日本は安全意識が高すぎるんだよな。海外だとレベル5になれば二階層に行けるって国も少なくない。

死傷者の数は世界でも断トツ低いけれど、平均レベルで後れを取っているって青木が言っていた。

強いのはトップレベルの探索者だけらしい。

そして現れたのはゴブリン。

二本足で立つ毛のない緑色の猿。

ニホンザルくらいの大きさだ。

右手には木の棒を持っているが、かなり細く、殴られても痛くはなさそうだな。

棒で殴られるより嚙《か》みつかれたほうが痛そうだ。

ゴブリンが走ってこちらに近付いてくるが――

「遅い」

剣で叩き潰す。

ぐじゃっと嫌な触感がした。

魔石とDメダルが残る。

Dメダルは初めての白色――換金すると五百円になる。

魔石も五百円で合計千円だ。

大切にリュックに入れる。

この調子だと二階層でのレベル上げも順調にできそうだ。

そして、世間は大型連休に突入し、俺は休みを利用してさらにレベルを上げていく。

この連休を利用して、地方のダンジョンに潜りたいな。

そんな風に思って調子に乗っていたらレベルがもう15まで増えた。

順風満帆だと思った。


そしてその日、日本中を、いや、世界中を騒がす大事件が起きた。

最初にその異変に気付いたのは、ダンジョンとはなんの関係もないただの観光客だったそうだ。

彼がSNSにある写真をアップした。

『これってダンジョンの入り口だよな？　富士山の山頂に突然現れたんだけど』

と地下に続く黒い階段のある建物の写真をSNSに投稿。

そして、謎のダンジョンの入り口は日本だけでなく、世界中の様々な場所に現れた。

『突然富士山の山頂に現れたこの黒い祠《ほこら》の中にあるダンジョンについて、政府の指示で作らせたダンジョンではないと改めて強調し――』

『であるからして、ダンポンとは異なる異世界生命体によるダンジョン作製である可能性が――』

『許可のない人間の立ち入りを禁止し――』

『世界中でも同様の事態が複数確認され』

『専門家の話によると、ダンジョン出現による富士山の噴火の兆候は見られないと――』

うーん、テレビのニュースは富士山の山頂に現れたダンジョンの情報ばかりだな。

しかも日本だけじゃなくて世界中でダンジョンの出現が確認されているらしい。

ＰＤのダンポンに聞いても、まだわからないとしか言ってくれないし。

たぶん、推測の段階で情報を漏らせないのだろう。

世間がこれだけ騒いでいても、世間はゴールデンウィークであろうと、今日は四月三十日。つまり、普通に学校はあるわけだ。

「じゃーん！」

昼休み、弁当を食べているときに青木が元気に見せてきたのは、安物のラミネート加工したカードだった。

ダンジョン探索者補助兼配信用映像即時編集者と書かれたそのカードには青木の名前と生年月日も併記されている。

「資格取ったぞ！」

「もう取ったのか」

「それで、バイトの面接に行って合格してきた」

「もう決まったのか」

あいかわらず行動力が神がかっているな。

「まだ小さい個人事務所だけどな。撮影の編集の手伝いだけじゃなくて出演もさせてもらえるんだ。さっそく、昨日動画に出演したぞ。ほら、これだ」

「へぇ、どれどれ——っ!?」

動画に映っていたのは青木とそしてもう一人——響さんだった。

動画の内容はD缶百個買って、一つ開くまで帰れませんって企画だ。

ダンジョン探索者にとって、ダンジョンの外では定番の動画らしい。

「凄いだろ？　俺も動画デビューだ」

「で、開いたのか？」

「まぁ、最後まで見ろって——」

俺は青木からスマホを取り上げ、一気に最後まで進めて視聴する。

最後、結局、一日目は開きませんでした！　で終わってる。

「お前、帰ってるじゃん」

「ちゃんと書いてるだろ。助手くんは高校に登校していますが家には帰れませんって」

家に帰らないだけで学校には来てると。

再生数三千か。

多いのか少ないのかはわからない。

「実際に開いたら伸びるんだけどな。D缶が開く動画は本当に十万再生は確実らしい。響さんが言うには絶対開けられないだろうから、今日一日D缶で遊んで、『ごめんなさい』で終わるんだってさ」

「ふぅん。そうだ、これやるよ」

俺は鞄から青木にD缶を渡す。

「これ、前にお前が宝箱から出したやつか？　正直見るのもイヤなんだが」

「大丈夫だ。これを開くおまじないをしてやる。開けゴマ！」

「適当だな……まぁありがとうよ」

青木はそう言ってD缶を手に取る。

ここで改めてD缶を詳細鑑定した。

【開封条件：十人以上に所有権を移し五時間経過（残り時間4：59：52）】

ちゃんとタイマーが作動してるな。

しかし、青木が響さんの個人事務所に就職ね。

まさか俺の交友関係を知って外堀から埋めていく——なんてことはさすがにないよな。

さっきの動画を見せてもらうが、やっぱり詳細鑑定でも動画の中のD缶は鑑定できない。

「そうだ。もしもその缶が開いたら、万バズのお礼に残りのD缶貰えないか聞いてくれよ。あ、それと俺のことは名前とか全部内緒な。ただ友だちから貰ったとだけ言ってくれ」

と俺からプレゼントした缶だとわかるように、蛍光ペンで数字の1を書く。

今日一日くらいなら消えないだろ。

「なんで内緒なんだ？」

「悪目立ちしたくない」

「ネット小説の主人公みたいだな。わかった、言わないよ」

青木はどうせ開かないだろうと簡単に安請け合いする。

よし、これでD缶をいくつかGETできるかもな。

その後も授業は続き、自宅に帰った俺は今日もダンジョンに行く。

先日の祝日で結構レベルを上げて、俺のレベルは21に達していた。

---

壱野泰良：レベル21
換金額：535119D（ランキング：10k〜50k〔JPN〕）
体力：196／196
魔力：0／0

攻撃：98
防御：85
技術：78
俊敏：73
幸運：1 8 3
スキル：ＰＤ生成　気配探知　基礎剣術　簡易調合　詳細鑑定

もうメダルの換金だけで二百五十万円だ。

そろそろ一万位以内に入るはずなんだけどな。

だいたい、ランキング一万位の探索者ってもうプロ探索者の卵レベルだから、ポイントの層が分厚い。

もう梅田Ｄ《ダンジョン》の三階層に行けるんだけど、受付をするのが同じ職員だったら、つい先日二階層に行ったばかりでもう三階層に行ったら怪しまれるかもしれないな。

このＧＷにどこか別のダンジョンに行くか。

三階層だったら以前みたいに並ばなくてもいいだろう。


魔物退治を終えて入り口に戻る。

ダンポンはゲームではなくパソコンでオンライン会議をしている。

声は一切聞こえてこない。

イヤホンも見当たらない（そもそもイヤホンを挿す耳が無い）し、念話《テレパシー》でも使っているのだろうか？

とりあえず忙しそうなのでDメダルとドロップアイテムの換金はあとにして部屋に戻る。

父さんのタブレットを借りてきて、設置。

動画サイトで響さんのライブ動画を見る。

ちょうど青木と響さんがD缶のキャッチボールをしていた。

缶を投げていたら開いたことがあるから試しているらしい。

あ、青木の頭に缶がぶつかった。

痛そうだ。

そんな動画を見ながら、俺がリュックサックの中から取り出したのは大量のキノコ。

これらを詳細鑑定で仕分けする。

毒キノコはダンジョンの入り口に置いてきたので、ここにあるのは食べても問題ないキノコばかりだ。

部屋に置いておく以上、間違えて母さんが使って大惨事——なんて被害を回避するためだ。

なのでここにあるのは食べられるキノコだけ。

経験キノコ五十一本。

癒しキノコ三十二本。

うまキノコ二十四本。

げきうまキノコ五本。


これらから薬を作る。

経験キノコは五本で経験値薬になる。五百万円でミルクの親父さんが買ってたやつだ。

癒しキノコは五本でキノコポーションになる。飲むと体力がかなり回復する。

うまキノコとげきうまキノコは食用なので調合はしない。

一応、うま味調味料みたいなものも作れるらしいけれど、それは市販ので十分。

薬を作るには簡易調合というスキルを使う。

レベル15になったときに覚えたスキルだ。

このスキルを持っていると、素材を持っているだけで薬が完成する。

ただし、経験値薬一本作るのに一時間、キノコポーション一本作るのに三十分、時間がかかる。

俺がレベル15から短時間で一気にレベル21まで成長できたのはこれが理由だ。

もう四十本くらい飲んでいる。
晩御飯までまだ二時間ほどあるし、いくつか作れるだろう。
ちなみに、この作業をＰＤでしないで家でする理由は、ＰＤ内だとこのように時間を潰す道具がないからだ。
左手で経験キノコを抱えながら、右手でタブレットを操作。
コメントを見る。
［青木ナイスヘディング］
［二日目からキャラ仕上がってる］
［響さんに頭なでられる青きゅんかわいい］
【¥５０００　青きゅんの治療費に】
［やっぱり響×青］
［腐るな腐るな］
え？　あいつ青きゅんとか呼ばれてるの？
たしかに母性本能くすぐる顔をしているが、もうファンがついてるのか。ダンジョン配信者として大成するかもしれないな。
とそろそろ時間だな。
『え？　響さん、これ！　Ｄ缶が光ってます』

『嘘《うそ》だろ！　Ｄ缶開いた！　生で初めて見た。え？　なんで？』

『これ、俺が友だちから貰ってきたやつですよ。蛍光ペンで書いてある。おーい、見てるか？開いたぞ！』

うん、ちゃんと開いたな。

響さんが最初に中身をのぞき込んだところで、俺のスマホが鳴った。

ミルクからだ。

電話に出ながら、タブレットの音量を小さくする。

「ミルク、どうした？」

『泰良、富士山ダンジョンの話聞いた？』

「うん、聞いた聞いた。てか、今そのニュース知らない国民いないだろ。で、どうした？」

『それでね、政府の要請でパパも富士山ダンジョンの調査チームに入ることになったんだ。だから、押野《おしの》リゾート併設の石舞台ダンジョンに行けなくなったの』

「ＧＷなのに仕事って上位探索者も大変だな」

『うん。でも、いまからホテルをキャンセルしてもお金も戻ってこないし、私とママだけで行くことになったんだけど、よかったら泰良も一緒に来ない？』

「は？　いやいや、女性二人のところに男子高校生が押しかけるのはマズイだろ」

『大丈夫。ゲストルームもあるから部屋は別だよ』

「ゲストルーム!?」

え？　ホテルの部屋にゲストルームなんてあるの？

間違いなくスイートルームだよな。

『ママも泰良だったらいいって言ってくれてるし。どうかな？』

ミルクの親父さんには会ったことがほとんどないが、その代わりにミルクのお母さんとはよく会ったな。手作りのケーキが美味しかった。

石舞台ダンジョンか。

予約は三年先まで埋まっているっていうし、こんなときじゃないと行けないよな。

でも、いくら部屋が別とはいえ、一緒にホテルっていうのは。

「親父さんに許可取ってるのか？」

『うっ、パパには内緒だけど』

「ミルクの親父さんが仕事でいないのに幼馴染《おさななじみ》とはいえ男を連れ込むのはマズイだろ」

『うん……そうだね。泰良の言う通りだよ』

「あぁ、でも、ダンジョンだけ一緒に潜るってのはできないかな？　ミルクの魔法、どんなものか見てみたいし」

『ちょっと待って――』

とミルクはスマホを置いて、固定電話から（？）別のところに電話している。

ホテルに確認を取っているらしい。

『午前中はダンジョン初心者のための講習があるけど、午後の自由探索の時間なら大丈夫だって』

「じゃあ午後からそっちに行かせてもらうよ。でも、本当にいいのか？」

『うん、楽しみにしてるね』

「俺も楽しみだ」

——それまでにミルクのための誕生日プレゼントも用意しないといけないな。

今度会ったときに渡すつもりだったからいまはまだ用意していない。

何がいいだろう。

通話終了したら、すぐに別の人から電話がかかってきた。

『壱野、見たか！』

「途中まで見てた。頭、大丈夫か？」

『いきなり暴言っ!?』

『ちげぇよ。たんこぶできていただろ』

『あ、そっちか。平気平気。てことはD缶の中身も見たんだな？　すげーだろ！』

「電話に夢中で見逃してた。で、何が入っていたんだ？」

『金貨だ！　見たこともない金貨が結構入ってた。もうネットニュースにもなってる。金の含有量とかは調べてみないとわからないけど、時価五百万はくだらないだろうって』

「へぇ、おめでとう」

スキルを覚える飴玉じゃないなら別にいいや。

『最初は俺と響さんと編集仲間の三人で三等分しようって話になったんだが、響さんがお前にも取り分があるだろうって言ってくれて。今度の五日、響さんも都合をつけてくれるって――』

「悪い。俺、その日は用事があるんだ。取り分はいらないからそっちで処理してくれ」

『おまっ!?　取り分百万以上だぞ！　本当に』

「いいから。その金で親父さんに美味しい酒でも買ってやれ。仲直りまだしてないんだろ？　あ、十八歳だと酒は売ってくれないと思うから、響さんと一緒に買いにいったらどうだ？　大学生だしうまい酒を知ってるだろ」

『いちの……お前って奴は……くぅ、俺はいい友だちを持ったな』

青木が何やら感動しているが、そんなことより、ミルクの誕生日プレゼント――何を買おう。

そっちのほうが大切だ。


五月になったその日の放課後、青木が段ボールを持って家にやってきた。

その中にはＤ缶が大量に入っている。

これでまだ半分らしい。

「D缶は軽いけど嵩張《かさば》るからな。明日また持ってくるよ」

「ありがとうな。D缶が開く動画。そういえば、もう三十万再生行ってるんだな」

「凄いだろ？　D缶が開く瞬間の動画って本当に珍しいんだよ。響さんからもお礼を言っておいてくれって頼まれた」

「俺のことは――」

「わかってる。言ってねぇよ。それより取り分だけど――」

「そっちは本当にいいって。お前の資格祝いと就職祝いだ」

それよりD缶だよ。

個人でも買っているけど、この数は嬉しい。

響さんの事務所、よく百個も集められたなって感心する。

ってことで、青木が帰ったあと、D缶を詳細鑑定で調べた。

すぐに開けられそうなものが五つ、時間をかければ開けられそうなものが二十あった。

すぐ開けられるものをいろんな手段で開封することに。

一個目。

開け方は直火《じかび》で十分焙《あぶ》る。ガスコンロでやると怖いので、火を付けた蝋燭《ろうそく》の上で紐《ひも》で縛って吊《つ》るす。蝋燭の火でも直火は直火だ。

そして他のD缶を開ける準備をしている間に開いた。

中身は赤いルビーみたいな宝石だった。

貴重な気もするが、ダンジョン産の宝石は人工宝石扱いされて、ものによっては安く買いたたかれる。詳細鑑定してみる。

【炎の石：武器や防具に付けることで属性を変化させることができる石】

これだけだとわからないな。

インターネットで検索してみると、販売所買い取り価格……三百二十万っ!?　高いな。鍛冶スキルで魔道具を作ったりするために使うらしい。

次だ。

二個目の缶を開ける。

これは砂糖をまぶして十分放置だった。まるで料理をしているみたいだ。

入っていたのは——これは大量の飴玉だった。

もしかして、スキル覚え放題？

【ダンジョンドロップ：美味しい飴。色によって味が異なる】

さらに詳細鑑定をすると、それぞれのカロリーや栄養素が表示された。

マジもんのドロップだった。

気を取り直して三個目。

これは一番簡単だった。

同じ部屋でD缶を二個開封したら開くからだ。

つまり、二個目が開いた直後に開いた。

中身は飴玉。

今度はスキルを覚える飴玉だろうか？

と思って鑑定してみる。

【ダンジョンドロップ：美味しい飴。色によって味が異なる】

ハズレの飴玉ばかり増えていくな。

一応、さらに詳細に見る。

【スキル玉：舐めるとスキルを覚える。決して噛んではいけない。偽装されていて、鑑定してもダンジョンドロップとしか表示されない】

――っ!?

鑑定結果が偽装されているのか。

これまでもスキル玉を鑑定所に持ち込まれて、ダンジョンドロップだと鑑定されたことがあるのかもしれない。そして、ただの飴だったと思ってがりがり噛む人は覚えられない。ちゃんと舐めることが重要なのか。

もしかしてっ!?

と俺は二個目のD缶をひっくり返し、一個一個詳細鑑定していく。

全部ただの飴玉だった……。

スキル玉を舐めながら、四つ目の缶を開ける。

開け方はこれまでで一番意味がわからない。

【開封条件：生きているウナギを持ってきて頑張って掴《つか》もうとする】

とりあえず、近所の魚屋に行って生きているウナギが売っていないか聞いてみたが、すぐには入荷できないとのこと。ならば売っている場所はないか聞いてみたら、近くの川で釣れたことがあるって教えてもらった。

もしウナギを釣った人がいたら売ってくれないかって思って。

「あれ？　壱野くん？　やっほー」

「水野《みずの》さん!?」

クラスメートの水野さんが川で釣りをしていた。

「水野さん、釣りが趣味なんだ」

「うん、今日はバイトが休みだから。ここってフナとかコイとかいっぱいいるからね。結構穴場だよ。壱野くんも釣り？」

「いや、生きてるウナギって掴みにくいっていうじゃん？　どのくらい掴みにくいのか試してみたくて」

「変わった理由だね。それなら私が釣ったのがあるから試してみる？」

と水野さんが持ってきていたバケツにはコイやフナに交じってウナギの姿があった。

本当にこの川にもウナギがいるんだ。

「掴んでいい?」

「いいよ。でも逃がさないでね」

「わかった」

手で掴んでみる。

おぉ、ぬるぬるしてる。

掴んだって思っても、上に上にと逃げていく。

手から滑り出てそのまま落ちそうになったところで、水野さんが器用に二本の指でウナギの首をキャッチした。

「難しいでしょ」

かなり手馴れてる。

「うん、かなり難しい。ところで、一個聞いていい? この魚って今日の晩御飯?」

「あはは、まさか?」

だよね。

てっきり、お金がないから魚を釣って食べるのかと思った。

「川魚はドロを吐かないと美味しくないから、今日食べるのは無理だよ」

食べるつもりらしかった。


水野さんに礼を言って帰宅。

家に置いていたD缶を確認するとちゃんと開いていた。

二個の指輪が入っていた。

シンプルな感じの指輪だ。

【成長の指輪：取得経験値が一・二倍になる。フリーサイズ。成長シリーズの一種】

これまた凄いものが来た。

そうだ！　これを鑑定してもらって、一個を鑑定書付きでミルクへの誕生日プレゼントにすればいいな。

あとは神棚に供えれば開くD缶ってのもあったが、これはまた今度でいいか。


五月二日。

俺は青木と一緒に、富士山の山頂と同様にアメリカのマンハッタンに現れた謎の黒いダンジョンの動画を見ていた。

金色の鎧《よろい》と剣を持った男を先頭に七人のパーティがダンジョンに潜っていく。

先頭を歩くのは有名なダンジョン探索者のジャック。換金額、世界ランキング五位という有名なダンジョン配信者だ。

英語はわからないので字幕を読む。

【なんてこった。一階層からブラックトードが出やがった。こいつはレベル50相当の敵だぞ】

【こいつが一階層から出るって、どんな凶悪ダンジョンだよ】

ブラックトードは猛毒を持つカエルで、とても素早く、しかもその舌で探索者の武器をからめとり、それを奪って攻撃してくる厄介な敵らしい。

しかし、ジャックは一人で突撃。

迫って来る舌を軽く斬り落とし、次の瞬間にはブラックトードを一刀両断していた。

これが世界トップクラスの動きか。

戦ってるところはリプレイのスロー再生でようやく詳細がわかったくらいだ。

ライブ配信されていたら何があったかわからないところだ。

ブラックトードが倒れると、赤い石だけが残った。

【Dメダルじゃないな。魔石を落としたぞ】

【ブラックトードは魔石落としたっけ？】

【落とさないはずだ。このダンジョンの魔物はDメダルの代わりに魔石を落とすのかもな】

といった具合に、魔物が強く、Ｄメダルを落とさないこと以外は普通のダンジョンのようだ。

魔物は強いって言ってもジャックさんなら余裕のようだ。

そして一階層の探索を終えて一度帰ることにした。

【おい、デスラットの群れがこっちに来るぞ】

【戦うのは面倒だ。一度脱出しよう】

デスラットは戦闘中に仲間を呼んで次々に増殖する厄介な敵だ。

上級探索者の経験値稼ぎに使われることもあるが、ジャックレベルならその経験値も大したことはないと思ったのだろう。

戦わずに地上に出るようだ。

それで終わり――のはずだった。

【ああ、みんな。新しく現れたダンジョンは非常に危険だ。レベルの低い探索者が入ったら死ぬのは間違いない】

【おい、あれ見ろよ！　デスラットがダンジョンから出てきたぞ】

【嘘だろっ!?】

そこからジャックたちとデスラットの地上での戦いが始まる。

さらに妙なことが起こった。

普通、レベルアップにより上がったステータスはダンジョンの外では効果が出ない。

しかし、ジャックたちはまるでダンジョンの中にいるように戦うことができた。

まるで、ダンジョンの領域が地上にまで拡張されたかのような現象に、動画サイトのコメントは荒れに荒れた。

戦いはジャックたちの勝利で終わったが、入り口近くにいた警備員の一人が大怪我を負って病院に搬送されたらしい。

魔物がダンジョンの外に出る。ステータスがダンジョンの外でも発揮される。

それはどちらも想定外の事態だった。

今回はジャックが近くにいたから対処できたが、もしも高レベルの探索者がいない状態で魔物が外に出てきたら？

警察の持っている拳銃で対処できるだろうか？

「ヤバイな」

青木が呟《つぶや》いた。


五月三日、憲法記念日。

ＧＷ後半初日の今夜、政府が富士山に現れたダンジョンについて記者会見を行うと発表があった。

日本の政府だけでなく、国連加盟国の全ての国が同時に記者会見を行うというのだから、タダ事ではないのは確かだ。

そんな日の朝、俺がやってきたのは万博公園ダンジョンだ。

万博記念公園の隣が大型ショッピングモールで水族館やアミューズメント施設もあるため、連休のこの日は非常に人が多い。

万博公園ダンジョンは太陽の塔の裏にあるため、太陽の迷宮などとも呼ばれている。

当然、そのダンジョンも凄い行列だ。

だが、俺はレベル20を超えた。五階層まで探索が可能になり、受付も異なる。

受付の人数も少ない。

ここまで来ると、制限時間などもない。

ただし、入場料が結構高い。

一万円も取られる上に、五時間以上入っていたら一時間ごとに二千円の延滞料が取られる。

とりあえず、いつも通り近くにＰＤを出しておく。

ダンポンはいま富士山に現れたダンジョンのせいでゲームどころではないようだが、直接仲間に会って話をしたいそうだ。

「お客様。こちらはレベル20以上の受付となっております」

「俺レベル20超えてるんで」

「失礼しました。少々お待ちください」

証明書を提出したら少し係の人が驚いていた。

やっぱり年相応に見られるとそうなるよな。

十八歳でレベル20はあまりいないはずだ。

「お待たせしました。ここが三階層になります。現在の入場者は二十一人。レベル20では五階層まで探索が可能となり、レベル5上がるごとに一つ下の階層に行くことが可能です。なお、五時間以上潜った場合は一時間につき二千円の延滞料が必要となります。また、事前の申請なく二十四時間以上ダンジョンに潜ることは禁止されています。二十四時間以上潜っていた場合、捜索隊を編成し派遣。その分の費用は別途請求させていただいた上、ダンジョン入場禁止等の法的措置を講じさせていただきますのでご了承ください。問題なければこちらにサインをお願いします」

「はい」

俺はその誓約書にサイン。

一階層は相変わらずみんな座って出待ち。

現れる魔物がスライムなのは同じだ。

二階層は緑スライムと緑ワーム（大きな芋虫みたいな魔物）、コボルト。

ここも係の人の誘導に従って到着。

「時間はダンジョン内で流れる鐘の音で確認できますが、十階層より下では鐘の音が聞こえませんのでご注意ください」

そう言って係員は帰っていく。

そして、俺の初めてのダンジョン探索らしいダンジョン探索が始まった。

さて、スキル玉で覚えたあのスキル。

ゴブリン相手だとオーバーキルだったが、こっちではどうか？

実戦で試すとするか。

万博公園ダンジョン三階層。

出てきたのは角ウサギか――その名の通り頭にサイのような角が生えたウサギだ。

角の威力はまな板をも貫通する。

それだけ聞くと危険極まりない相手のように聞こえるがレベル10になっている人の防御値のその身体《からだ》はまな板より硬く、命の危険はない。ただし、命の危険がないってだけで普通に痛いし、服に穴が開くので注意が必要だ。

特にのんびり歩いていると、気付けば背中から突撃される。

俺には気配探知スキルがあるからそんなヘマはしない。

そして、角ウサギも殴るところさえ間違えなければ一撃で倒せる。

落としたのはウサギの角だ。

ウサギの角は比較的出やすいドロップアイテムだけれど、解毒剤の素材として使われるらしい。またこれを杖《つえ》にすれば回復魔法を高める効果のあるものになるとか。

買い取り価格は五百円にはなる。

拾っておこう。

簡易調合を使えば俺も作れるだろうし。

ダンジョンの中には毒を持っている魔物が出るから必要だな。

覚えたばかりのスキルを使おうかと思ったが、このスキルで角ウサギの相手をするのは勿体《もったい》ない。

何しろ二時間に一回しか使えない大技だ。

もっと強い相手にこそふさわしい。

確か五階層にはリザードマンが出るという。

二本足で立つ人間サイズのトカゲの剣士で、レベル20以上にとっては最初の強敵だと聞いた。

そこに行ってみようか。

俺は徐《おもむろ》に歩き出す。

五時間全部使うつもりはない。

どうせPDで同じ魔物と戦えるんだ。

五階層でリザードマンを倒せばもうダンジョンから出よう。

そう思っていたのだが――

「魔物がいない？」

五階層に来てから急に魔物の気配がなくなった。

三階層や四階層では入ってすぐに魔物を見つけてたんだけど、少し歩いても魔物の気配を感じない。

どういうことだ？

他の探索者が根こそぎ倒したあとだろうか？

と思ったとき、二つの気配を感じた。

一つは魔物、一つは人間。

人間が魔物を追っているんじゃない。

魔物から逃げている？

レベル20以上の人間が五階層の魔物から逃げるだろうか？

仲間のいる場所に誘導している可能性、罠《わな》を仕掛けている可能性などを考えたが、どうも違う気がする。

俺は急ぎ、気配のするほうに走った。

そして驚いた。

俺と同じくらいの年齢の緑髪の少女が、巨大な黒鬼のような魔物から逃げて袋小路《ふくろこうじ》に追い詰められていた。

あんな魔物、五階層にいるなんて聞いていない。

少女は恐怖からか涙を浮かべ絶望に表情を歪《ゆが》ませている。

「こっちだ、鬼野郎！」

俺は咄嗟《とっさ》に叫んだ。

が、鬼はこちらを向かない。

だったら——

俺は走りながら、鞄の中に入れたウサギの角を投げる。

頑丈な皮膚に阻《はば》まれ、その角は刺さることなく地面に落ちた。

だが、鬼は落ちたウサギの角を拾うと、振り向いた。

その顔は怒りに満ちている。

敵を追い詰めたと思ったら邪魔が入ったのだ。そりゃ怒るよ。

鬼は俺のことを敵とみなしたようだ。

正直恐ろしい。

これが本当の魔物ってやつだろう。

さて、覚悟しろ！

俺はスキルを発動させようとして——
「いっだぁぁぁぁっ！」
ウサギの角が俺の足に刺さった。
鬼が指で弾《はじ》いたのだ。
たった指で弾いただけでこの威力。
だが、上等だ。
「逃げてください！」
女の子が叫ぶが、俺はこのときを待っていたんだ。
俺は痛みに耐えながら、その名を言う。
スキル玉を舐めて覚えたその魔法の名を。
「解放：地獄の業火《ヘルファイア》」
途端、黒鬼を中心に火柱が上がった。
俺が覚えたスキル——地獄の業火《ヘルファイア》——魔力の全てを炎の力に変える極大魔法だ。
この魔法を覚えたとき、俺の魔力が一気に0から120まで上昇した。
使いどころは悩むが、威力は申し分ない。
PDで試したところゴブリンを一瞬で消し炭に変える威力だった。
俺にとっての切り札である。

当然、黒鬼も消し炭になっていると思ったが、炎が消えたとき鬼はまだ二本の足で立っていた。

立ったまま死んでいた。

そして立ったまま消えていき、Dメダルと大きな青い魔石と角、そして金棒が残った。鬼に金棒か。

金棒、重っ!?

リュックに入れたらリュックに穴が開く重さだ。

そもそもリュックに入らん。

って、それより足が痛いっ！

俺は急いで鞄から、癒しキノコで作った回復薬を出して飲む。

ズボンに穴が開いてる。

ウサギ相手に油断しないって言っておいてこの結果だ。

「す、すごい」

緑髪の少女が少し呆《ほう》けた感じで言う。

「大丈夫だった？」

「あ！　ありがとうございます。お陰で助かりました。なんてお礼を言ったらいいのか。お金はあんまりないんですけど私にできることならなんでもします」

「落ち着いて落ち着いて。えっと、これって五階層にいる魔物?」

「違います。これ、イビルオーガですよ。本当ならこのダンジョンの十三階層にいる魔物です」

オーガ?　十三階層!?

うわぁ、そんな強い魔物なのか。

地獄の業火《ヘルファイア》がなかったらヤバかったな。

一発だけの魔法なので、複数出てこられたらアウトだし。

強くなったと思っていたが、まだまだだな。

でも、十三階層の魔物が出るのは異常だ。

「これ、使いなよ。回復薬」

「え?　でもそんな高いもの――」

「自作だし原料も自分で調達してるから金はかかってないから、技術料ポッキリの価格、百円でいいよ――あ、薬の個人売買は禁止だからみんなには内緒でね」

「ふふっ、ありがとうございます」

彼女は俺の冗談に笑って、薬を受け取った。

笑うとカワイイんだよな。

緑色の髪ってことは、覚醒者だろうか?

「俺、壱野泰良っていうんだ。高校三年」

「え!?　壱野さんも十八歳だったんですか？」

「ってことは君も？」

「はい。同い年です。東《あずま》アヤメです」

「東さんって、十八歳なのにもうレベル20なの？　凄いね」

俺は自分のことを棚に上げて言った。

「私、最初からレベルが15だったんですよ。覚醒者にはたまにあることみたいです。壱野さんも覚醒者ですよね？」

「え？　あぁ、そうそう。そんな感じ」

俺は誤魔化すように笑って言った。

俺が言うなって話だけど、最初からレベル15ってもうチートじゃんって思う。

「ところで、イビルオーガ？　十三階層の魔物が五階層に来るなんてありえる話なの？」

覚醒者が高レベルスタートする可能性を知らなかった俺だ。

もしかしたら俺が知らないだけで、そのような異常事態が過去にあったかもしれないと尋ねてみたが、東さんも知らないみたい。

まさか、俺が強い魔物相手に地獄の業火《ヘルファイア》を使いたいと願ったばかりに幸運値が作動して地下から化け物を呼び寄せた――なんてことはないよな？

「とりあえず、一度帰って受付に報告しようか。さすがに危ないし」

「そうですね」

ということで、俺は金棒を引きずり出口に向かった。

一階層にいたブルーシートの上に座っているスライム待機組たちは、金棒を引きずる俺を見て驚いていた。

そして、スタッフのお兄さんに説明をする。

「五階層にイビルオーガっ!? それは本当ですかっ!?」

「はい。これ、イビルオーガのドロップ品です」

俺は金棒とイビルオーガの角、魔石を置いた。

俺も東さんもまだレベル20台。

当然、イビルオーガのいる階層まで降りられないことはわかるはずだ。

詳しく話を聞くということで、俺たちは管理人室に通された。

まずは、東さんがイビルオーガと遭遇し、逃げ出したときの話をする。

そして、俺が駆け付けて倒したと言った。

倒した方法については魔法で倒したとだけ伝える。

話を聞いていた管理人の表情が暗い。

何故だろうかと思ったら、このダンジョンの常連の探索者がまだ帰ってきていないのだという。

その探索者の詳細は教えてもらえなかったが、俺たちよりもレベルが高く、深い階層に潜っている探索者だが、十二時間以上連続でダンジョンに潜ったことのない探索者だそうだ。その人が二十時間経過してもまだ戻ってきていない。

二十四時間経過したら捜索隊を出す必要があると考えていたときにこの事件だ。

もしかしたらイビルオーガに既に――と最悪の予想が脳裏をよぎる。

その後、ダンジョン管理局の大阪支部を名乗る人がやってきて、先ほどと同じ説明をさせられた後、俺たちは解放された。

俺は入ってすぐの脱出となったので、入場料は全額返金。東さんも四時間潜っていたけれど同じく返金してもらった。

オーガが落としたドロップアイテムの金棒、イビルオーガの角、魔石は証拠物件として差し押さえられたが、しっかり代金は貰った。

五百十五万七千円。うち五百万円は魔石の代金だ。

青い魔石が一番高かった。

そこから源泉徴収として百万近く引かれ、残りが俺に振り込まれることとなった。

これ一個で、町一つの一か月分の電力を賄《まかな》えるのだというからそのくらいの額になるだろう。

とてつもない額だ。

その額に驚いていると、管理人さんから親に相談したほうがいいと言われた。

確かに、これはもう黙っていられる額じゃないよな。

これで解散となったのだが、東さんが少し落ち込んでいる。

今回、イビルオーガとの戦いで杖が壊れてしまったらしい。魔法用の杖は結構高額だったそうで、ダンジョンの入場料が戻ってきてもその分赤字になってしまったという。

イビルオーガの取り分の半分を東さんに分配するように言ってこようか？　と尋ねたけれど、これ以上迷惑を掛けられないと言われた。

杖がなくても魔法は使えるし、コツコツとダンジョンで稼いでいくそうだ。

「だったら、せめて服くらい買わせてよ。その服のまま帰ると親が心配するよ」

彼女の服の袖は破れ、血で汚れている。

一応タオルで隠しているけれど、その姿のまま帰すのは申し訳ない。

ちょうど近くにショッピングモールがあるので、俺はそう提案した。

東さんは少し悩んだ様子だったが、

「どうせ俺も破れてるからズボンを買わないといけないし、女の子の意見聞きたいんだよね」

と言ったら折れてくれた。

ただ、「壱野さんって女の子の扱いに慣れてますね」と言われたのは、もしかしてナンパ男みたいに思われているのだろうか？

帰り道にこっそりＰＤを回収し、隣の商業施設へ。

二人で服を買ってそのまま試着室で着替える。

高級な店でもいいと思ったのだが、東さんが行ったのは俺も何度も利用しているウニクロだった。そこで彼女はパパッと自分の服を決めて購入し、俺の服も一緒に選んでくれた。

そして、二人でフードコートで遅めの昼食をとる。

二人で南極星という店のオムライスを食べることにした。

お昼は自分で出すって言ってくれたんだけど、強引に奢《おご》らせてもらった。

「へぇ、東さんって桐陽《とうよう》高校なんだ。俺の家から自転車で二十分くらいだよ」

「本当ですか!?　私もそのくらいです。私の家は――」

聞いてみたら、俺の家と彼女の家と彼女の高校で正三角形ができるくらいの位置関係だった。

その流れで、今度一緒にダンジョンに行こうと約束し、連絡先を交換。

本当にナンパ師みたいだな。

桐陽高校は私立の名門校でミルクが通っている進学校だ。

もしかしてクラスメートかもしれないな。

「壱野さんはこの後どこにいらっしゃるのですか？」

「鑑定してほしいものがあるから、ここのダンジョンショップに行って、あとは家族に土産でも買って帰るかな？」

「鑑定って、何か珍しいものが見つかったのですか？」

「うん、D缶の中に入ってた指輪をね」

「D缶が開いたんですか？　え？　どうやって？」

「ウナギの掴みどりやってたら開いた」

「ぷっ、冗談ですよね」

「いや、マジマジ」

俺は笑って言った。

「私も一緒に行っていいですか？　ここのダンジョンショップを見てみたいです」

「もちろん」

二人で食器を片付け、ダンジョンショップに行き、さっそく指輪を鑑定する。

鑑定料五千円はボッタクリだと思うけれど、相場通りなので、依頼に出す。

鑑定は別室で、目の前で行われた。

なんでも、七年ほど前に鑑定した魔道具を裏で偽物とすり替える事件があったらしく、いまでは対面での鑑定が主流のようだ。

「これは――非常に珍しい。凄いですよ、お客さん」

「そうなんですか？」

「ええ。鑑定結果は成長の指輪といいまして。なんとこの指輪をしていると経験値が二割増しで入ってくるんです」

「わーすごーい」

鑑定結果を知っているので、どうしても棒読みになってしまった。

「凄い！　そんな指輪初めて聞きました！」

うん、リアクションは東さんにお任せしよう。

ということで、鑑定書を書いてもらう。

これでミルクへの誕生日プレゼントはＯＫだな。

鑑定が終わり、ついでにダンジョン内で使えそうなものを探していると、東さんのスマホに電話がかかってきた。

「はい。何？　お母さん。え？　うん。もう外だよ…………え？　嘘……本当に？　うん、わかった。すぐに帰る」

「どうしたの？」

「さっき私たちがいたダンジョンで探索者の死体が見つかったそうなんです。それがもうＳＮＳで拡散されていてニュースになってて。お母さんが心配だからすぐに帰ってきなさいって」

あの帰還の遅いという探索者――亡くなってたのか。

「そういうわけで、私、急いで帰ります。買い物、最後までお付き合いできずにすみません」

「いいよいいよ。お母さんを安心させてあげて」

と言って俺は彼女に帰るように促す。

さて、俺はダンジョンで使えそうなものはないかと思って――気付いた。

俺の視界から消えたところで、彼女の気配が動かない。

どうしたのだろうと思ったら、彼女は震えていた。

俺はなんて馬鹿なんだ。

さっきイビルオーガに殺されそうになった直後、実際に探索者が殺されたってニュースを聞いて怖くないわけがないじゃないか。

震える女の子を一人で帰らせるわけにはいかないだろ。

「東さん、一緒に帰ろう」

「え？　でも――」

「タクシー乗り場、この先だから。どうせ帰り道だし」

俺は強引に彼女の手を取り、タクシー乗り場へと向かった。

GWで少し混んでいたが、少し待って乗車できた。

「壱野さん……私……」

「ごめん。ちょっと強引だった」

「いえ、嬉しかったです。本当は一人になるのが怖かったので。でも、壱野さんが手を握ってくれたら怖いのもどっか行っちゃいました」

「俺なんかでよかったらいつでも手を貸すよ」

そして、俺は彼女を家まで送り届け、そしてそのまま家に帰った。

駅に自転車を置きっぱなしにしていることを思い出し、歩いて駅に向かうことになったのはそれから五分後のことである。


万博公園ダンジョンから帰ってきた私——東アヤメは友だちに電話をしました。

『やっほ、アヤメ。どうしたの？』

「こんな時間にごめんね。実は私、好きな人ができたの」

『本当に!? おめでとう。どんな人？』

「ダンジョンで会ったんだけどね。優しくて強くてかっこよくて命の恩人の同い年の男の人。家も近くて。今度、二人でもう一回ダンジョンに行く約束も……」

『完璧な男の人だね。って…………え？ 命の恩人て言った？ 何があったの？』

「えっと、話せば長くなるけど万博公園のダンジョンでイビルオーガに襲われて——」

『大事件じゃん！　さっきニュースでやってたやつだよ！』

「私は大丈夫だから。落ち着いて」

と私はそう言って、ダンジョンで起こったことを説明しました。

「お姉ちゃん、気を付けてね。怪我だけはしないで」

「大丈夫だよ。ゲームと違って二十階層までのダンジョンは危険がほぼないんだし、それに初めてじゃないんだから」

私、東アヤメは高校に上がったばかりの妹のスミレにそう言って、家を出ました。

去年、覚醒者として魔法の力に目覚めた私は、探索者だった祖母の影響もありダンジョンに潜る探索者になる道を選びました。両親はいまは勉強に集中して、ダンジョンに行くのは大学に入ってからにしてほしいって思っていたみたいですけど。

既に四月四日に十八歳になった日から梅田のダンジョンに潜ってレベルを上げました。

普通の人は最初はレベル1なのですが、覚醒者である私は最初からレベル15で、この前梅田ダンジョンに潜ったときにレベル20になりました。

なので、今日は前から行ってみたかった万博公園のダンジョンに行きます。

ＪＲ、阪急、大阪モノレールと電車を乗り継ぎやってきました。

万博公園の中に入ります。

小さい頃に家族で一度、遠足で一度来たことがありますがもう何年も来ていません。

五月の中旬までネモフィラが綺麗に咲いているらしく、帰りに見学して帰るのもいいかもしれませんが、今日の目的はあくまでダンジョンです。

レベル20の内容証明を受付に提出して、ダンジョンの中に入りました。

「ここが万博公園ダンジョン」

私は息をのみます。

かつて、ここの下層の宝箱の中から『聖女の霊薬』というアイテムが出たという話があります。

もっとも、売れば何十億円とも何百億円とも言われる伝説級のアイテムですから、そう簡単に手に入るはずはありません。

ましてや、今日は五階層までしか潜りませんので、絶対に手に入りませんが。

何かがこっちに走ってくる音が聞こえました。

お年玉を貯めて、さらにお小遣いを前借して買った魔導士の杖を強く握ります。

現れたのは角ウサギという魔物です。

これまで倒してきたのはスライムやキノコ、ゴブリンといった魔物ばかりだったので、こういう可愛《かわい》らしい魔物と戦うことに少し躊躇《ちゅうちょ》しました。

でも、可愛らしい見た目とは裏腹にあの角の攻撃は強力で、油断していると怪我に繋がります。

「解放：風の矢《ウインドアロー》」

風の魔法を使うと、角ウサギの身体に突き刺さり倒すことができました。

少し心が痛みますが、月見里《つきみさと》研究所というダンジョンについて研究している機関の発表によると、死んだ魔物は本当の意味では死ぬわけではなく、ダンジョンのエネルギーへと還《かえ》っていくだけだという話を思い出すことで罪悪感が少し和らぎました。

この調子なら、もっと深い階層に潜ったほうがよさそうですね。

魔法を主な攻撃の手段としている私は、魔法一撃で倒せるギリギリの敵と戦うのが一番効率がいいからです。

五階層に行けばリザードマンがいると聞きました。

しかし、歩いても歩いてもリザードマンどころか魔物一匹見当たりません。

最初に見つかったのは魔物ではなく、六階層へ続く階段とその脇に置かれた宝箱でした。

中身はなんでしょうか？

宝箱を開けます。

階段を上がってくる足音が聞こえます。

他の探索者の方かと思って気にせずに宝箱の中を見ました。

私はこのとき浮かれていたのです。いえ、油断していたのかもしれません。スミレの言う通り気を付けていたら、階段を上ってくる足音が人間のものではないことに気付けたはずです。

「魔石かぁ……」

白い魔石でした。

がっかりしたけれど、換金所に持っていくと五千円で買い取ってくれます。

入場料として一万円支払っているのですから、元の分くらいは稼がないといけません。じゃないと次からダンジョンに潜れなくなってしまいます。

と、そこで私はようやく違和感に気付いたのです。

足音の異様な大きさと、迫ってくる影に。

「嘘っ!?」

階段を上ってきたのは探索者ではなく巨大な魔物でした。

黒い皮膚、頭に一本の角、手には巨大な金属の棍棒。

この特徴を持つ魔物は私の知る限り一種類のみ。

イビルオーガです。

本当は十三階層よりも下に現れるはずの魔物が上ってきたのです。

「か、解放：風の槍《ウインドジャベリン》」

私は現在使える最も強い魔法を使っていました。

それはイビルオーガの顔に命中しました。

ですが――

「う……そ……」

イビルオーガの顔に小さな傷を作っただけでした。

まったく効いていません。

「解放：風の槍《ウインドジャベリン》」

もう一度魔法を使おうとして、失敗しました。

魔力が足りないのです。

「解放：風の矢《ウインドアロー》、解放：風の矢《ウインドアロー》」

と風の矢を連続で放ちます。

しかし、風の槍でも効果がないのにそれに劣る風の矢でダメージを与えられるはずがありません。

さらに不幸なことに、連続で魔法を使った弊害による強い倦怠感《けんたいかん》と眩暈《めまい》に襲われました。

このままでは死ぬ。

そう思った私は走りました。

（死にたくない、死にたくない、死にたくない、死にたくないっ！）

迫りくる死の恐怖に冷静な思考はできません。

イビルオーガは私を追いかけてきました。

幸い、イビルオーガの足はそれほど速くありません。

引き離すことはできなくても追いつかれなければいいのです。

この先の曲がり角を曲がれば四階層への階段が――

「え?」

そこにあったのは階段ではなく、行き止まりでした。

(道を間違えた?)

記憶力には自信がありました。

しかし、冷静さを失った私は道を間違えてしまったようです。

振り返ると、既にイビルオーガは迫ってきました。

魔力はもうありません。

私は手に持っていた白の魔石を投げましたが、イビルオーガはその魔石を棍棒で叩き潰します。

ダメ元で杖を持ってイビルオーガに殴りかかりましたが、その棍棒に今度は私の身体が飛ばされ、壁に激突しました。

ははっ、いまので杖も折れて、私の骨も何本か折れちゃいましたかね。

もうダメです。

そう覚悟を決めたときでした。

「こっちだ、鬼野郎！」

男の人の声が聞こえたのです。

イビルオーガの向こう側に、私と同い年くらいの男の人がいました。

そして、彼はウサギの角を投げたのですが、それはイビルオーガの身体に当たると地面に落ちました。

イビルオーガがその角を投げ返すと、それは私を助けに来た男の人の足に当たったのです。

彼は痛みに声を上げました。

ダメだ、あの人も殺されちゃう。

「逃げてください！」

私は思わずそう叫びました。

そのときです。

「解放：地獄の業火《ヘルファイア》」

彼がそう叫んだと思うと、イビルオーガが火柱の中に呑み込まれました。

「す、すごい」

私は身体の痛みも忘れ、思わずそう呟きます。

そして、その火柱の灯《あか》りに照らされた男の人は私の顔を見ると、ニッと笑ってこう言いました。

「大丈夫だった？」

そのとき、胸の鼓動が高鳴ります。

私はこのとき、初めて誰かに恋をしたのでした。

と私は友だちに万博公園ダンジョンであったことを話しました。

「こんな感じだったんだよ」

『よく無事だったたね。ちゃんとその男の人にお礼しないとだね』

「うん、でも、どんなお礼したらいいのかな？」

『手作りのお弁当を作るのはどうかな？　アヤメみたいにカワイイ女の子からお弁当を貰って嬉しくない男の子はいないと思うよ』

「……お弁当………うん！　頑張ってみる！」

私はそう言って友だちにお礼を言いました。

「話を聞いてくれてありがとう、ミルクちゃん！」

# 第三章

# 堕《お》ちた石舞台《いしぶたい》ダンジョン

【太陽ダンジョン】万博公園ダンジョン　総合138【吹田市】

384：名無しの探索者
イビルオーガ「空を見たかっただけなのに」

385：名無しの探索者
人死に出てるから茶化すのやめろ
イビルオーガは洒落にならない
配信で前に見たけどあれは普通の人間が勝てる敵じゃない

386：名無しの探索者
一人亡くなってるから洒落にならない

387：名無しの探索者
>>385
普通は無理でも特殊性癖のお前なら余裕

388：名無しの探索者

＞＞387

草

389：名無しの探索者
イビルオーガは十三階層の魔物。討伐推奨レベル60以上。
経験値9800　Dメダル10000
ドロップアイテムは魔石青（60）、イビルオーガの角（70）、鬼金棒（30）
（）内は最低幸運値
十階層以降はパーティでの探索が必須だから五階層の敵と比べると桁違い

390：名無しの探索者
コピペ乙

391：名無しの探索者
ワイ、そのとき万博公園Dにいた。

392：名無しの探索者
＞＞391
迷わず成仏してくれ

393：名無しの探索者
スライム出待ちしてただけだって。

イビルオーガとは戦ってない。
金棒持ってる高校生くらいの男女が通るの見たぞ。
一人は緑髪だから覚醒者っぽい。
394：名無しの探索者
1嫁定期
個人特定できる情報NG
395：名無しの探索者
なるほど、嘘ですね
高校生がイビルオーガ倒せるわけない
396：名無しの探索者
イビルオーガ「GWにいちゃつく高校生カップルがむかついて凸したら返り討ちに」
397：名無しの探索者
イビルオーガと仲良くできそう

---

夕食後、俺はスマホで情報を見ていた。
俺たちの個人情報は出ていないが、目撃者は多数いたらしい。
この事件を解決したのが俺だということが世間に知られる可能性もある。

俺は覚悟を決めた。

「父さん、母さん、大事な話があるんだ」

俺はテレビの音量を小さくし、テレビのニュースを見ていた両親の前で正座をして言う。

「なんだ、急に改まって。もしかして、彼女でもできたのか？」

「もう、お父さんったら。泰良《たいら》、どうしたの？　お小遣いの前借り……じゃないわよね？」

彼女はできてないし、小遣いの必要もない。

「今日、イビルオーガが万博公園ダンジョンに出たってニュース、さっきやってたよね？　一人亡くなってる事件」

両親が頷《うなず》く。

あのニュースは夕方から何度も放送しているので、今のニュースを見ていなくても当然知っているだろう。

「あのイビルオーガ、倒したの俺なんだ」

「冗談だろ？　だってお前、まだダンジョンに入って二週間くらいじゃないか」

「私もニュースで見たけど、レベル60相当の魔物だって言ってたわよ？　だいたい、あんた、まだレベル1じゃない」

「本当に。これ、俺の預金残高」

俺は預金残高を見せる。

既にイビルオーガのドロップアイテムの買い取り分は入金されていた。

スライム酒を売ったりD《ディー》メダルを換金したりして、現在の残高は八百万円を超えている。

「ドッキリ……じゃないよな？」

父さんがカメラを探す素振りを見せるが、そんなものは仕掛けられていない。

「詳しく話をしてくれるか？」

「うん。まず、最初に青木《あおき》とダンジョンに行ったときの話なんだけど――」

と俺は全部話した。

ＰＤ《プライベートダンジョン》生成のこと、詳細鑑定のこと、スキル玉のこと。

父さんと母さんは黙って話を聞いてくれた。

俺が言葉に詰まって、テレビのニュースの音だけが部屋を支配しても言葉を待っていてくれる。

そして、最後まで話を終えて、父さんが口を開く。

「泰良、それでどうするんだ？」

「うん、とりあえず、このスキルのことは暫《しばら》く黙っておいて」

いつかはバレることかもしれないけれど、できる限り黙っておきたい。

「そうじゃなくて個人事業主で行くのか？　それとも起業するのか？　とりあえず、連休明けたら一度税理士に相談に行ったほうがいいだろうな」

「本当ね。節税は大事よ。細かいことは税理士さんと相談して決めましょ？　ダンジョン探索者なんて怪我《けが》して潜れなくなったら無職なんだから、ちゃんと資産形成しておかないと」

「ああ、うちの息子、ダンジョンランカーになるんじゃないか？」

「プライベートダンジョン、私も入れないかしら？　たまに朝起きるのが嫌なとき、そこで二度寝したいわ。それに上手に使えば煮込み料理の時短も可能ね」

「まて、母さん。ダンジョンにはカセットコンロも鍋も持ち込めないはずだぞ。それより、スライム酒だ。何本もあるって本当か？　父さんてっきり珍しいものだって思ってずっと我慢してたんだ。一本、会社に持って行っていいか？　酒好きの坂田《さかた》に自慢したい」

「じゃあ、明日はみんなで焼肉に行きましょう！　もちろん泰良の奢《おご》りで！」

「いいね！　発泡酒飲み放題コースじゃなくてビール飲み放題コースで！」

なんというか、黙っていたのが馬鹿らしくなるくらい簡単に受け入れてくれた。

俺は笑って頷いた。

そして、テレビの音量を戻す。

ちょうど総理が生放送で何かの会見をしているところだった。

『国民の皆様にお伝えします。富士山頂のダンジョン出現及び国内複数箇所における魔物が階層を移動する現象の原因は、協力型異世界知的生命体のダンポンとは異なる侵略型異世界知的生命体、【ダンプル】による人類への挑戦状であることが判明しました。もう一度お伝えします。富士山頂のダンジョン――』
…………へ？

◆◆◆

「ダンプルはダンジョンを命のやり取りをする場所と考えるいけ好かない奴《やつ》らなのです。僕は昔からあいつらが嫌いだったのですよ」

「お前、ダンプルのこと知っていたんだな」

「ダンポンたちは常にダンプルたちと戦っているのです。ダンジョンは楽しく平和的に、そして資源として使うべきなのにダンプルたちはそれを生死をかけた戦いの場所と考えているのです。だから、ダンプルが作ったダンジョンに絶対はない。魔物が階層を跨《また》いで移動することもあれば、ダンジョンから外に出ることもあるのです。各国の政府上層部にはダンプルがこの世界に来る可能性を予《あらかじ》め伝えていたのですよ」

何故《なぜ》、そのことを総理が、いや、各国首脳たちはひた隠しにしてきたのか？

ダンプルがこの世界に来る確率は非常に低く、いたずらに不安を抱かせるのはよくないと記者会見で言っていた。

実際、俺たちもスポーツ感覚でダンジョンに挑んでいたが、昨日みたいに突然強い魔物が現れて死の危険と隣り合わせになるのが日常だと思うと怖いよな。

それに、ダンジョンから魔物が出てくる可能性があるなんて言ったら、ダンジョンの周囲の住民は反対する。

少なくとも繁華街の中心にダンジョンを作ろうなんてしないはずだ。

実際、各国でダンジョンの閉鎖を求めるデモが起きている。

とはいえ、ダンジョンから出てくる資源で人々の生活が豊かになったのもまた事実だ。

一昨年《おととし》は魔石で走る自動車が誕生。黒魔石一個で最大二〇〇〇キロ走行可能という謳《うた》い文句で、そのエンジンの開発に成功した自動車メーカーの株価はうなぎのぼりだって聞いている。

水資源の乏しい国では魔石から水を生み出して生活用水にしている土地もあるし、二十年後までには魔石のエネルギーで宇宙に行く宇宙エレベーターを造ると建設会社の大森組《おおもりぐみ》が発表（宇宙に求めているはずの資源がダンジョンから手に入るということもあり、宇宙開発離れが加速しているので需要があるかは不明だが）。

もう魔石無しの生活には戻れない。

中には、魔石ばかり取れるダンプルのダンジョンこそが人類の求めていたダンジョンだという声まである。

「じゃあ、この前のイビルオーガは？」

「ダンプルの技術によってダンジョンの縛りから解放された個体なのです。コンピュータウイルスみたいなものなのですよ。タイラが倒してくれたことにあっちの管理人も感謝していたのです」

俺はワクチンソフトか。

まぁ、俺も一気にレベルが上がって大金も入ったので俺にとってはいいことだったが、東《あずま》さんにとっては最悪だったな。

昨日、帰ってからメッセージアプリで話をしたけれど、思ったよりは元気そうで安心した。

ただ、こうなってくると石舞台《いしぶたい》のダンジョンも少し心配になってきたな。

今朝、ミルクに電話して明日の予定を確認したところ続行とのことらしい。

ミルクが行くダンジョンは一階層までしか入らないから、下層で何か異変があったらすぐに避難できるから大丈夫だろうと、彼女の親父《おやじ》さんも太鼓判を押してくれたそうだが。

何があるかわからないのがダンジョンか。

「PDは大丈夫なのか?」

「あ、こっちは心配ないのです。PDが外部ダンジョンの情報を取得するとき、あくまでデータの表向きデータを複写しているだけなので、仮に外部ダンジョンがダンプルによる攻撃を受けていたとしても問題はないのです」

「ごめん、わからない」

「画像ファイルにウイルスが仕込まれていたとしても、その画像をダウンロードするのじゃなくてカメラで撮影して持って帰っているだけなのでウイルスに感染する危険はないのと同じなのです」

「よくわかった」

とりあえず、ＰＤは安全ということで、万博ダンジョンの一～五階層を再現してもらった。

倒すのは五階層の敵だな。

後から知った話だが、五階層にイビルオーガ以外の魔物がいなかったのは、東さんが混乱して五階層を逃げ回ったせいでイビルオーガの気配に気づいた魔物たちが階層の隅のほうに逃げ出したのが原因らしい。

ということで戻ってきた五階層。

角ウサギの黄色いやつがいる。

アルミラージだ。

その速度、角の強度ともに角ウサギより強いらしい。

「必中剣」

威力が低くなる分、すばしっこい小さな敵への命中率が高くなるというレベル15で覚えた基礎剣術スキルの一つだ。

必中と名がついているが、必ず当たるわけではない。

威力が落ちるはずだが、アルミラージはその一撃で倒れた。

まぁ、本来レベル20で行くところ、もうレベル26だもんな。

落ちたアルミラージの肉を拾い、軽く埃《ほこり》を叩《たた》いて、木箱に入れる。

角ウサギは肉を落とさないのに、アルミラージは肉を落とす。

別に高価というわけではないのだが、母さんに今夜のすき焼きの材料として使うから取ってきてほしいと言われた。

ＰＤのことを打ち明けたせいで、ジョギングしてくるとか散歩してくるって嘘《うそ》を吐《つ》かなくてよくなったけれど、その分こき使われそうな気がする。

アルミラージの肉はジビエ特有の獣臭さとかもなく、非常にジューシーで美味《おい》しいらしいので、俺も楽しみだ。

うまキノコとげきうまキノコも渡してあるので、一緒に焼いて食べよう。

向こうのほうに三つの人影が見える。

俺専用のダンジョンだ。人間ではない。そもそも人間にはない尻尾がある。

リザードマンだ。

ゴブリンは子どもくらいの大きさだったが、リザードマンは成人男性くらいの大きさがある。

持っているのは木の棒だが、先にアルミラージの角が結わえ付けられていて、十分殺傷能力のある武器に仕上がっている。

まずは魔法の感覚に慣れるために、獄炎魔法を使う。

「解放：地獄の業火《ヘルファイア》」

火柱が上がり、天井を伝って俺の頭上まで炎が押し寄せてくる。

リザードマン一体が消し炭になっていた。

そして、近くにいたもう一体がその炎に巻き込まれて死んでいた。

やっぱりオーバーキルだ。

直撃していないのに倒せるって。

残ったリザードマンは少し離れた場所にいたから無事だったようだ。

よし、こいつは剣で――

と思ったら、気付けばいなくなっていた。

その場に残っているのは、リザードマンの尻尾のみ。

気配も完全に感じなくなった。

「トカゲの尻尾切りっ!?　逃げられた」

リザードマンは尻尾を囮《おとり》にすることで同じ階層の離れた場所に逃げるスキルを持っている。

尻尾は二十四時間経過したら再生するが、それまでトカゲの尻尾切りは使えない。

トカゲの尻尾は回復薬を作るときに追加調合すれば、簡単な欠損を治す効果を付与できる。

だが、回復薬を作るために使う癒し効果のあるキノコや薬草のほうが不足していて、トカゲの尻尾は結構余っているそうなので、買い取り額は高くない。

これも自分で使うとするか。

今度からは逃げられる前に倒すようにしよう——と落ちていたDメダルを拾いながら思った。

その後、五階層をまわったがやはり俺の敵となる魔物はいない。

さっき尻尾を斬って逃げたリザードマンとも再遭遇し、なんなく倒すことに成功。

ドロップ品も多くなってきたのでそろそろ脱出しようかと思った矢先、宝箱を発見。

中からD《ディー》缶を見つけた。

【開封条件：一回の探索中に発見したドロップ品を五〇キログラム以上持ってダンジョンから脱出（現在三七キログラム）】

…………続行！

ダンジョンはどうやら俺を家に帰すつもりはないようだ。

そして——

「泰良。ウサギのお肉、こんなに食べきれないわよ。半分は冷凍するわね」

「父さん今日はスライム酒の赤いやつを開けるぞ！　ずっと飲んでみたかったんだ。代わりに明日は石舞台まで送ってやるからな」

「これがげきうまキノコ？　毒キノコみたいだけど食べられるの？　……え？　一本七万円!?　松茸《まつたけ》より高いじゃない！」

「ごめん、いま何も頭に入ってこない。ちょっと黙ってて……さすがに五〇キロの荷物を持って

「一階層まで戻るのは疲れた」

疲労困憊《こんぱい》のこの状態だと、きっと何を食べても味なんてわからないだろうと思いながら、席についた。

今夜のウサギ肉のすき焼きは人生で一番うまいすき焼きだった。

特にげきうまキノコがその名の通りゲキウマだった。

もう、松茸なんて目じゃないね。


五月五日、こどもの日。

父さんに奈良県高市郡明日香村《たかいちぐんあすかむら》にある石舞台古墳近くのホテルまで車で送ってもらう。

石舞台古墳といえば、小学校の社会の時間でも習った、大化の改新で討たれた蘇我入鹿《そがのいるか》——その祖父である蘇我馬子《うまこ》が埋葬されている古墳である。

大阪の子どもなら遠足でも足を運んだことがあるであろう有名な場所だ。

「いやぁ、飛鳥《あすか》、行きたかったんだよな。古代米カレーってのがあるらしいぞ。古代米を使ったカレーなんだってさ」

「父さん、俺を送るにかこつけて、ただ飛鳥グルメを堪能《たんのう》したいだけだろ。酒は飲むなよ？」

「昼間から飲まないよ。ただ、母さんが一緒に来られなかったのは残念だな」

母さんは今日、自治会で行う子ども祭りの手伝いをすると前から約束していたらしい。

俺は響《ひびき》さんのダンジョン配信を見ながら話を聞いていた。

「ダンジョン配信か？　お前もそういうの見るようになったんだな。前まで関心なかっただろ？」

父さんが横目で一瞬こちらを見て、尋ねた。

いまでもダンジョンについては情報サイトで必要なことを調べるけれど、ダンジョン配信を見ようとはあまり思っていない。

「青木がバイトで編集に携わってるから見ろって言われて」

「お前もいつかはダンジョン配信者になるのか？　幸運値１００の配信者なんてなったら目立つだろ」

「考えてない。ていうか嫉妬されるのがオチだろうし」

「嫉妬されても問題ないくらい強くなればいいさ。レベル80くらいになれば誰も文句言えんだろ」

「レベル80って、すぐには無理だって」

「泰良なら可能さ。だって、お前のＰＤ、精神と時の部屋みたいなものだろ？」

「せいしんとときの……えっと、何それ？」

「わからないのかっ!?　ド○ゴンボールだよ」

「ああ、か○はめ波か。ＳＮＳのネタでよく見るけど読んだことないな」

「読んだことないのかっ!?」

俺が生まれたときには既に漫画の連載は終了していたから、驚くほどじゃないと思う。

「お前なぁ。父さんのスマホに電子書籍全巻揃ってるから読んでおけ。燃えるから。ほら！」

「え？　いま動画見てるんだけど」

「そんなくだらない動画より絶対にタメになる」

そんなわけないだろうと思ったが、響さんが歩きキノコを魅せ技を使って狩る動画に確かに価値はないと思い直す。

車で送ってもらっている手前、素直に従うことにした。

渋滞を加味しても三時間もかからないから、全部読むのは無理そうだな。

と思って適当に読み始めたのだが——最高に面白かった。

十巻まで読んで精神と時の部屋ってのは出てこなかったけど。

「勧めておいてなんだが、よく車酔いしないな」

「なんかレベルが上がってから三半規管が強くなったみたい。たぶん荒れ狂う波に揺られる船の中でも酔わない自信がある」

「レベルが上がったら酒にも酔いにくくなるって偉い学者様が言ってたな。父さんはレベルが低いままでいいや。さて、もう着くぞ」

「え？　もう？　道空いてたんだね」

「馬鹿言え。渋滞に何度も巻き込まれてたぞ。ゴールデンウィークも最終日だからな」

全然気付かなかった。

車の時計を見ると、朝の八時に出発したのに、もう昼の十一時だ。

車が押野《おしの》リゾートホテルの前に停《と》まった。

車から出ると、係の人がやってきた。

牧野《まきの》ミルクの友だちだと名乗ると、話が伝わっていたのか係の人が父さんに代わって車を駐車場まで運んでくれた。俺はスマホなどダンジョンに持って入れないものをホテルに預ける。

「押野ホテルでかいな」

「元々大きいホテルだったが、いまは親会社があのＧＤＣグループだからな」

「ＧＤＣグループってアメリカのダンジョン最大メーカーだったっけ？　押野リゾートもその傘下だったんだ」

ＧＤＣグループ。

正式名称Ｇｅｎｅｒａｌ　Ｄｕｎｇｅｏｎ　Ｃｏｍｐａｎｙ。

ダンジョン関連企業の最大手で、俺の使ってるリュックや寝袋なんかもＧＤＣグループが作っている。

会長のキング・キャンベルは世界ランキング一位のダンジョン探索者としても有名だ。

キングの換金額は公表されていないが、世界ランキング四位のインド人の探索者が2000億D《ディー》を超えていることから、さらにその上を行っているのは確実だ。個人換金額十兆円以上か。

そして、GDCグループには黒い噂《うわさ》が絶えないことでも有名である。

マフィアとの付き合い、政府との癒着、兵器転用されたダンジョンの品の武器取引等々。

「表向きはちゃんとした企業だ。こちらが裏の世界に入ろうとしない限り、向こうも表の顔でしか接してこないさ。って親が言う話じゃないか」

「いや、父さんの言いたいことはわかるよ」

ミイラ取りしようなんて思わなければ自分がミイラになることはない。ピラミッドは見ているだけで十分だ。

深淵をのぞくとき深淵もまたこちらをのぞいているのだ——ってのは哲学者のニーチェの言葉だったか。

俺だって、黒い噂を聞いていても、GDCグループの商品を買っているわけだし。

と少し歩いて、父さんの目的地である店が見えてきた。

「泰良。お前も一緒に古代米カレー食べてくか？」

「いいよ。さっきカ〇リーメイト食べたから……たぶん」

ド〇ゴンボールを読みながらだったので食べた記憶があまりないが箱が空になっていた。

お腹空いたらダンジョンドロップでも舐《な》めるさ。

「気を付けてな。ダンジョンから出てホテルで荷物を受け取ったら電話しろよ」

「わかってるって。どうせミルクと一緒だと一階層までしか行けないから心配ないよ」

俺はそう言って石舞台ダンジョンに向かう。

県道15号線を歩いて登り、国営飛鳥歴史公園石舞台地区を越えた石舞台古墳（周りには柵があって肝心の石舞台の中は見えない）の隣の芝生公園に向かった。

そこにダンジョンがあるはずなのだが——何か凄い騒ぎになっていた。

警備の人がダンジョンの入り口を取り囲んでいたのだ。

「君、危ないから近付いたらダメだ」

「何があったんですか？」

「ダンジョンの一階層にアシッドスライムが出たんだ」

「アシッドスライム？」

「知らないのか。ポイズンスライムより上位の凶悪なスライムだよ。ダンジョンの入り口にも強力な酸の池ができていて中に入れないんだ。レベル50相当の凶悪な魔物だぞ」

「——っ!?　友だちが中にいたはずなんですが、無事ですかっ!?」

「友だちの名前は？」

「牧野ミルクです」

俺がそう言うと、彼はスマホ（たぶんホテルの備品だと思う）を取り出してタップ。

「悪いけれど、情報は入ってない――」

「通して！　中にミルクが！　あの子がまだ中にいるんですっ！」

女性の泣き叫ぶような声が聞こえた。

俺はその声に聞き覚えがあった。

子どもの頃に聞いた声――ミルクのお母さんの声だ。

ミルクがまだ中にいる。

彼はきっとミルクがまだ中にいることを知っていたのだろう、渋い顔をした。

「既に警察にもダンジョン管理局にも連絡をした。すぐに強力な探索者が駆け付けて来る。とにかく、何があるかわからないから、この公園からも出なさい！」

すぐってのいつだよ。

いくら迅速に動いても、強い探索者が駆け付けるまで数十分はかかる。

そんなのを待っていたらミルクが危ないじゃない。

俺は走った。

ダンジョンの方向ではない。

近くの石舞台古墳のあるほうに。

石舞台古墳のほうでも避難勧告が出たのだろう。窓口にも柵の中にも誰もいなかった。

ここなら柵があって誰にも見えない。

遠くからなら見えるけれど、こちらを気に掛けている余裕はないはずだ。

俺はそこにＰＤを生み出すと、中に入っていった。

「ダンポン！　石舞台ダンジョンの一階層にアシッドスライムが現れた！」

「っ！　ダンプルの仕業なのです」

「そっちで対処できるか？　アシッドスライムを消して中にいる人を助けてほしい」

「待ってほしいのです。あっちのダンポンに質問――っ!?　既にダンプルの攻撃の対処はしたそうなのですが、生み出したアシッドスライムとバイトウルフたちは駆除できないそうなのです。僕たちには魔物を生み出すことはできても倒す力はないのですよ」

嘘だろ、アシッドスライムだけじゃなくて、バイトウルフもいるのか。

バイトウルフはレベル30相当の魔物だが、アシッドスライムより速く動き、しかも嗅覚が優れている。

隠れていても見つかるぞ。

「ミルクが無事かわかるか？」

「どんな子なのです？」

「俺と同い年でピンク髪のポニテの少女だ」

「…………無事なのですっ！　三階層にいるのですよ」

ダンポンは仲間と連絡を取り、ミルクの無事を確認してくれたが、三階層だって？

「あいつ今日ダンジョンに潜ったばっかりだぞ！　安全マージンがあるからいくらなんでも」

「安全マージンもぶっ壊されて機能してないのです。一階層がアシッドスライムの溶液塗《まみ》れになっていて、毒ガスも発生して、このままそこにいたら危ないからと敢《あ》えて地下の階層に逃げたみたいなのですよ。一階層にいた人たちは何人か外に逃げられたみたいなのですが、逃げ遅れた人はもう死んじゃってるのです」

「ミルクは正しい判断をしたってわけか。講師の人もいただろう？」

初心者用の講習だって言ってたから、ベテランの探索者もいたはずなのに、何やってたんだよ。

「その講師はわからないのです。地下五階層より下には強い探索者が何グループかいるのですが——あぁ、電波妨害でダンジョン配信用のクリスタルへの情報が遮断されているので、一階層で起こっている事件を把握できていないみたいなのです。あ！　バイトウルフが三匹、三階層に入っていっちゃったのです。間に合わないのですよ」

「俺が助けに行く！」

「危ないのですよっ!?」

「友だち見捨てて逃げられるか！　三階層の詳しい地図とミルクの位置を教えてくれ！」

石舞台ダンジョンの入り口はアシッドスライムの酸によって封鎖されている。

だが、この場所ならPDの一部が石舞台ダンジョンに繋《つな》がっているはずだ。

俺が三階層に行って、バイトウルフより先にミルクと合流。

あとは救助が来るまで彼女を守る。


(どうしてこうなったんだろ……)

私――牧野ミルクはダンジョンの三階層で一人息を殺して、悔やんでいた。

今日、五月五日に誕生日を迎え、十八歳になった私は、生まれて初めてダンジョンに潜った。

といっても、午前中に行うのはダンジョンの講習のみ。

初心者用の講習で、最初はステータスの見方を教わった。

---

牧野ミルク：レベル7
換金額：0D(ランキング：-)
体力：30/30
魔力：52/52
攻撃：18

防御：16
技術：18
俊敏：16
幸運：5
スキル：炎石魔法

---

最初からレベルが7だった。

覚醒者の中にはレベルが最初から高めの人もいるという話を聞いていた。

友だちのアヤメは最初からレベル15だったそうだし、レベル7から始まっていても不思議ではない。

これじゃ、泰良のこと追い抜いちゃってるよ。

今日の午後、一緒にダンジョンに行く泰良は覚醒者ではない。

レベルは高くてもまだ2だと思う。

まだレベル1の可能性のほうが高い。

一緒にレベルを上げたかったのに……と少し残念に思った。

その後も講習は続く。

そして、講師の探索者が大きな袋を引きずるように持ってきた。

中に入っていたのはスライムだった。

「じゃあ、みんな、これを倒していこう。午前中にレベル4まで上がるからね」

と棍棒を配ってスライムを置いていく。

スライムを倒すと次のスライムが置かれる。

まるでわんこそばだ。

これがダンジョンなのかな？

周囲の他の参加者を見る。

私と同じ十八歳くらいの女性。

初めてダンジョンに入るらしい老夫婦。

ダンジョンに来ているとは思えないスーツ姿の男性。

彼らがただひたすらに置かれるスライムを叩き、また置かれたスライムを叩きを繰り返す。

変な世界だと思った。

「ねぇ、黄色いスライムがいるんだけど、もしかしてレアスライム？」

それは化粧の濃い三十歳くらいの女性が言った。

彼女のほうを見ると、置かれているスライムとは別に黄色いスライムがこちらに向かってゆっくり這《は》ってきていた。

普通、スライムは青色なのに、そのスライムは黄色だった。

あれ？　黄色いスライムって確か……とミルクが記憶を呼び戻す前に、そのスライムが何かの液体を近くにいた女性に向かって噴き出した。

途端に——その顔が溶けた。

声を上げる暇もない。

「あ、アシッドスライムだ！　みんな、逃げろっ！」

講師の人がそう叫ぶと同時に、一目散に逃げ出した。

私も他の人たちも出口に向かうが、講師の人が先に出口の扉を抜けた次の瞬間、アシッドスライムが出口の扉の前に現れ、自分の周囲に黄色い水たまりを生み出す。

酸の池ができたのだ。

アシッドスライムの動きは遅い。

走れば逃げ切れる。

多少脚を火傷《やけど》するかもしれないが、靴を履いているのだから死ぬことはない。

そう思ったのだろう、スーツの男性が走った。

一瞬で靴が溶けた。

そして足の裏も溶けたみたいだ。

男性が転んだ。

そして、最後にアシッドスライムが覆いかぶさる。

食べられていく。
その後の光景は言いたくない。
逃げられないと私は悟った。
唯一の出口が塞がれたのだ。
そしてアシッドスライムは出口付近にさらに現れた。
逃げ出そうとする人たちを酸で溶かして捕食している。
外に逃げることができた人はいる。
アシッドスライムは酸を飛ばしてくるけれど速くない。
それでも、酸の毒素がこの階層に充満してきている。
このまま一階層にいたらその毒素で動けなくなる。
「みんな、奥に逃げて！」
出口のほうに向かう人と逆方向に私は走った。
アシッドスライムを倒すことができないのなら、時間を稼ぐ。
そうすれば、きっと救援が来てくれるはずだと。
見つけたのは二階層に続く階段だった。
レベル10以上の人しか下りることのできないはずの階段。
だが、私は一か八か階段を下りてみることにした。

ダンプルが作ったという黒いダンジョン――あそこには安全マージンが存在しないと言う。

今回のアシッドスライムの出現がダンプルによるものなら、安全マージンもなく、レベル制限関係なく下層に降りれるのではないかと思ったからだ。

そして、その勘は正しかった。

二階層に降りることができたのだ。

「みんな、二階層に避難を――」

誰もついてきていなかった。

私の言葉に耳を傾ける余裕のある人はいなかったのだ。

私は助けに戻ろうかと悩み、そして首を振って二階層に降りた。

石舞台ダンジョンの二階層に出てくるのはハニワ人形と歩きキノコ。

レベル7の自分なら十分に倒せるはずだった。

アシッドスライムの酸の臭いもない。

希望を抱く。

だが、その希望は絶望に変わる。

二階層に現れるはずのない狼《おおかみ》が現れたのだ。

(バイトウルフっ!? なんでレベル30相当の魔物が……)

バイトウルフはとても速く、何より鼻が利く。

この距離で見つかったらもう逃げられない。

私は父から預かった杖《つえ》を構え、無我夢中で魔法を解き放つ。

「解放：熱石弾《ホットストーンブレット》」

石の弾がバイトウルフの顔に直撃する。

しかし、右目を軽く傷つけただけだ。

バイトウルフがよろけているのは脳震盪《のうしんとう》を起こしたのかもしれない。

私は今のうちに逃げることにした。

ダンジョンの中にも風は吹いている。逃げるのなら風下だと走る。

残念なことに、見つかったのは隠れるのに最適な場所ではなく、地下三階層への階段だった。

助けを求めるとして、一番近くにいるのはこのダンジョンに潜っている探索者だ。

レベル50超えの探索者グループが潜っていると聞いた。

外に逃げた人がホテルに連絡をとり、通信クリスタルを使って地上から救援を依頼している可能性は高い。

だとしたら、地下に逃げたほうがその人たちと早く合流できる。

地下三階層の敵なら今の私だと苦戦するかもしれないが、バイトウルフのいる二階層にいるよりマシだと、私は階段を下りていく。

出てきたのは一匹のコボルトだった。

さっきの狼とくらべたら小犬にも等しい。

だが、いまのままでは接近戦で戦うことはできない。

「解放：熱石弾《ホットストーンブレット》」

魔法を放つ。

コボルトは倒れなかった。

父から持っていくように言われたボウガンを構えて矢を放つ。

その矢が直撃してコボルトが倒れた。

(パパ、ありがとう)

「過保護だと思われようが持っていけ」という父の言葉に従って、絶対に必要ないと思いながら持ってきた魔力回復ポーションに助けられた。

連続で魔法を使うと気分が悪くなる。

今の私だと三回連続は難しいだろう。

この様子だと四階層に行くのは危険だ。

そう思いながら、どこか落ち着ける場所に行った。

袋小路《ふくろこうじ》の通路の奥。

さっきのバイトウルフは一階層に向かっている途中だった。

こちらを追うのを諦めて、そのまま一階層に行ってくれれば助かると思った。

逆にもしもここに降りてきたら終わりだと。

私はバイトウルフがいないほうに賭けた。

私のくじ運はあまりいいほうではない。

先日もおみくじで凶を引いたばかりだった。

(そういえば、泰良は昔からくじ運がよかったな)

こんなときなのに思い出すのは幼馴染《おさななじみ》のことだった。

くじ運が良すぎて、当たりばっかり引くものだから駄菓子屋のお婆《ばあ》ちゃんにイカサマしているんだろうって怒られた。

(泰良はもう覚えていないかもしれないけれど、それから当たり付きのお菓子を一切買わなくなったっけ)

少し落ち着いてきた。

ここに逃げてからどれだけの時間が経過しただろう?

一時間経ったかもしれないしまだ五分も経っていないのかもしれない。

私は時間の感覚に自信があったが、死と隣り合わせのこの状況で正確な時間を把握しろというほうが無理な話だ。

(さっきのバイトウルフが追いかけて来たとしたらとっくに追いつかれている。あのバイトウルフは一階層に向かった。ここには来ない)

できるだけ冷静に、楽観的に、でも危機感は切らさずに救援が来るのを待つ。

その間、私は助かったときのことを考える。

(大丈夫。絶対に大丈夫。このあと誰かが助けに来て、無事に脱出できて、お母さんが泣きながら私を抱きしめて、その後は外で待ってると思う泰良に愚痴をこぼして、お父さんが心配して富士山から駆け付けてくれるだろうから晩御飯には大きな誕生日ケーキを四人で食べて、こんなに食べたら太っちゃうよって笑いながら文句を言って)

私がさらに思い出したのは、友だちのアヤメのことだった。

アヤメも、つい最近万博公園ダンジョンでイビルオーガという絶対に勝てない魔物に襲われた。

そのときは同じ年齢の男の子に助けてもらったと話で聞いた。

イビルオーガはバイトウルフよりも強い。

そんな魔物に襲われても助かったんだ。

自分も助かると言い聞かす。

(アヤメはその男の人に一目惚れ《ひとめぼ》したんだっけ)

そんなことを思い出したとき、何かの音が聞こえてきた。

息を切らせて走って来るような音。

それはだんだんとこちらに近付いてくる。

誰かが助けにやってきたのかと期待した。

もしも魔物だったら魔法を撃ちこんでやろうと構える。

三階層の魔物くらいなら倒せる。

さっきのバイトウルフだったら、魔法を連続で撃ちこんで逃げる。

そう思って。

複数の可能性の中で、結果は最悪だった。

やってきたのはさっき私が魔法を放ったバイトウルフだった。その証拠に顔に傷が残っている。

即座に魔法を使おうとするが、現実はこちらの想像する最悪を凌駕《りょうが》する。

バイトウルフが六匹もいたのだ。

そこで理解した。

さっき、バイトウルフが私を追いかけてこなかったのは一階層にいる人を狩るためじゃない。

私を確実に仕留めるために、仲間を集めていたのだと。

狼は本来、集団で狩りをする生き物だ。

それは野生の動物であっても魔物であっても変わらない。

そんな当たり前のことを忘れていた。

それでも魔法を放つ。

「解放：熱石弾《ホットストーンブレット》」

放たれた熱を帯びた石は、しかしバイトウルフに当たらない。

跳んで躱《かわ》された。

今度はボウガンを放つ。

空中だと躱されない。

そう思ったのに、なんとバイトウルフはその矢を噛《か》み砕き、そのまま襲い掛かってくる。

（もうダメーー）

死を覚悟した――その瞬間が引きのばされる。

所謂《いわゆる》走馬灯を見るという感覚なのだろう。

『アヤメが一目惚れかぁ。うまくいくといいね』

『うん。ミルクちゃんもね。今度、幼馴染の男の子と一緒にダンジョンに行くんでしょ？』

これはアヤメとの電話での会話だった。

走馬灯が見せる映像にしては最近の出来事すぎる。

なんでこんなことを思い出しているのかわからない。

『そんなんじゃないよ。ただの幼馴染だもん……今はまだ』

『でも、一緒にダンジョンに潜ったら惚れ直すよ、きっと』

『スライムから助けてもらってもねぇ。でも、もしもその王子様のように現れて――』

とそこまで思い出した瞬間、引きのばされた一瞬の時間の流れが元の速度に戻った。

そのとき、私は無残に死ぬはずだった。

なのに、その死が訪れる気配はない。

何故なら――

「……ふぅ、ギリギリ間に合ったな」

聞こえてきたのは、ここにいるはずのない男の子の声だった。

そんなはずはない。

まだ夢を見ているのではないか？

私はそんなことを考えるが、胸の鼓動がこれは現実だと告げる。

バイトウルフを剣で殴り飛ばしながら彼がそこに立っていた。

「お待たせ、ミルク」

その瞬間、顔が一気に赤くなっていくのを感じる。

「無事でいてよかったよ。これで一緒に石舞台ダンジョンに入る約束を果たせそうだ」

と言って、彼は――歯を見せて笑いかけてくれた。

『もしもその王子様のように現れて私を助けてくれたら――彼以外の人を好きになれないと思う』

なんとか間に合った。

今回はダンポン側の不手際ということで、石舞台ダンジョン三階層の詳細な地図とミルクが潜んでいる場所を教えてもらったお陰だ。教えてもらっている間はＰＤの中にいたため、時間のロスもほとんどなかったし。

しかし、こいつらがバイトウルフか。

不意をついて剣で殴り飛ばした（斬っていない。この剣は切れ味が悪すぎる）が、二度目はこうはいかないだろう。

だが、ここで地獄の業火《ヘルファイア》を使うことはできない。

バイトウルフと俺たちの距離が近すぎる。

直接炎が当たったわけではないのに焼け死んだリザードマンを思い出した。

ここであの魔法を使えば俺たちも巻き添えになってしまう。

最強に思われたあの魔法の最大の弱点だな。接近戦になったらもう使えない。

「ミルク、大丈夫か？」

俺は剣をバイトウルフに向けて尋ねた。

ってあれ？

ミルクの反応がない。

さっき一瞬見たときは少し顔に赤みを帯びていたが怪我をしている様子はなかった。

もしかして魔物の毒にでもやられたのか？

アシッドスライムの酸には毒性もあるというし。

「ミルク、大丈夫なら返事しろ！」

「本当に泰良なの？　本物？」

「本物だ」

「だったら逃げてっ！　バイトウルフはレベル30相当の魔物なんだから――」

「それは安全マージンの場合だろ！　普通に戦うだけならレベル20でも戦える」

「そう！　だからレベル一桁の私たちじゃ――」

ミルクが叫ぶが、話はそれまでだった。

バイトウルフのうち二匹が襲い掛かってきたのだ。

基礎剣術其之壱《そのいち》。

「必中剣」

手前の一匹に必中剣を放つ。

威力は低いが確実に命中する最初の一撃。

そして、俺の剣技は流れるように次の段階に移行する。

基礎剣術其之弐《そのに》。

「燕返し《つばめがえし》」

下ろした剣の切っ先の向きを変えて、別の一匹のバイトウルフを上空に飛ばす。

まるで剣術というより刀術だ。

この剣は両刃（というより両方刃がない気がする）なので切っ先を変える必要はないのだが、スキルとして使うとどうしてもこのモーションが出てしまうらしい。

残りのバイトウルフたちがさらに襲い掛かってくる。

このまま基礎剣術其之参《そのさん》に移る。

「薙《な》ぎ払い」

剣を横向きにし、一斉に襲い掛かってきたバイトウルフを薙ぎ払う。

基礎剣術其之肆《そのよん》。

「真向斬り」

最後に一番後ろにいた目に傷のあるバイトウルフに剣を振り下ろす。

あらかた片付いたが、最初の必中剣で吹っ飛ばしたバイトウルフがまだ生き残っていた。

最初の一撃の踏み込みが浅かったか。

必中剣はただでさえ威力が低くなるのにな。

そう思ったときにはバイトウルフは鋭い牙を剥《む》きだしにして俺に襲い掛かってきた。

俺は自分の腕を前に突き出す。

バイトウルフは俺の腕に噛みついた。

「泰良っ！」

「大丈夫だっ！」

激しい痛みが俺を襲うが、イビルオーガにウサギの角を飛ばされたときのほうが遥《はる》かに痛かった。

剣を捨てて拳で自分の腕に噛みついたバイトウルフの横顔を殴りつけた。

バイトウルフは壁に激突して絶命する。

最初に噛みつかれたときより、バイトウルフを殴ったときのほうが腕への負担が激しかった。

かなり血が出ている。

狂犬病とか大丈夫だよな？

とりあえず回復薬を取り出して飲んだ。

最後は失敗したが、それでも使えるな。

この基礎剣術。

其之壱《そのいち》から其之肆《そのよん》。

一つ一つそれなりに使える技だけど、流れるような調子で放つこの技は一種のコンボ技だった。

その命中率は壱、弐、参、肆と進むたびにだんだんと落ちていき、一回でも攻撃が外れると連続して剣技を放つことができなくなってしまうのだが、その命中率というのが敵の俊敏値と、こちらの技術値と俊敏値と幸運値によって決まる。

幸運値が他人よりバカ高い俺が使うと、その命中率は他の人より遥かに高い。

リザードマン相手だとどんなに多くの群れを相手にしても薙ぎ払いをした時点で全部倒してしまうのだが、今回は真向斬りまで使えたのは実戦経験としては素晴らしい。

「ミルク、もう大丈夫だ。全部やっつけたから」

俺がそう言うと、ミルクが徐々にいつものミルクの表情に戻っていく。

さっきまで呆《ほう》けたり叫んだりしていたからな。

そして、冷静になったミルクは、だからこそ一気に質問してきた。

「どういうこと？　やっつけたって、でも泰良のレベルってまだ1とか2だよね？」

「俺のレベルは27だ。安全マージンレベル30のバイトウルフになら今の俺でもこの程度の怪我で勝てる」

「泰良がダンジョンに入ったのまだ二週間前だよね？　覚醒してたの？」

「話せば長くなるんだが、運が良かったんだ。以上」

「短い上になんの説明にもなってないよ。運だけでそんなにレベルが上がるの!?　それに、どうやって入ってきたの!?　入り口、アシッドスライムいっぱいいたよね？　入り口、アシッドスライムの酸がいっぱいあって通れなかったよね？」

「一階層は通ってない。直接、三階層に来た」

ミルクの頭に疑問符がいっぱい浮かんでる気がする。

そのことについては、今度詳しく説明するってことで片付けた。

そして、俺は落ちていたバイトウルフの毛皮とか牙とかDメダルを拾い集める。

「ミルクが無事でよかったよ」

「ありがとう。今さらだけど泰良がいなかったら私、絶対に死んでたよ」

「今度、美味しい焼肉でも奢ってくれたらチャラにしてやる」

「うん」

「サクラユッケも付けてくれよ」

「うん。なんなら食後にアイスも付けちゃう」

焼肉の食後にアイスか。

食べ放題の焼肉屋だと、無料のソフトクリームとか食べられたりするけど、こいつの行ってる焼肉屋だとハー〇ンダッツレベルのアイスが出てくるんだろうな。季節の果物が添えられていたりして。

とりあえず俺はミルクの隣に座り、鞄《かばん》の中から缶詰を取り出す。

「飴玉《あめだま》舐めるか？」

「これ、ダンジョンドロップ？　高いんじゃないの？」

「知らない。缶いっぱいに入ってる。あ、これパイナップルと思ったらハッカだ。でもうまい」

「一個貰《もら》うね……あ、美味しい。ビワの味？」

二人で口の中で飴をころころ転がしながら、助けが来るのをひたすら待つ。

三階層にはバイトウルフ以外の普通の魔物がいたはずだけれど、ここに来る様子はない。

イビルオーガのときと同じだ。

強い魔物が現れると、本来の魔物が階層の隅に逃げてしまうんだろう。

「そうだ、これ。誕生日プレゼント。どうせダンジョンから出たら、説明やらなんやらで渡してる暇もないと思うから今のうちに渡しておくよ。それに、こういうのは早いほうがいいからな」

俺はリュックから成長の指輪の入った箱を取り出す。

「もう、今度でもいいのに。でも嬉《うれ》しいよ。開けてもいい？」

「いいぞ。結構いいものだから心して開けろ」

「普通、そういうのは『大したものじゃないぞ』って言うもんでしょ。でも、泰良らしい」

ミルクは笑いながら箱を開けて、そして固まった。

「泰良……これって」

「どうだ？」

「どうって……それって、早いほうがいいって……そういう意味……なの？」

「そういう意味もどういう意味も、ほら、そこの鑑定書に書いてある通りだよ」

俺はミルクに箱の内側に入っていた鑑定書を読むように促す。

彼女は緊張しながら、その鑑定書を読み……何故か喜ぶどころか露骨にガッカリしたような表情を浮かべる。

「凄くないか？　経験値二割増しだぞ？　スライム五匹倒したら一匹分追加で経験値貰ってるんだぞ？」

「ウンソウダネ」

「うわ、ミルクの反応がやっぱりガッカリしてる。もしかして、もう持っていたのか？　情報サイトには載ってなかったけど、金持ちの間で秘密裏に取引されていて有名なのか？」

「違う違う。そういう意味じゃなくて……ものすごく珍しいよ。でも、本当にいいの？　泰良が使ったほうがいいんじゃない？」

「俺も使ってるぞ？　ほら、小指に」

「あ、本当だ……お揃いなんだ」

「そこは我慢してくれ」

「うん、我慢してあげる」

ミルクはそう言って笑った。

そしてその指輪を――

「嵌《は》めて」

と言って俺に渡してくる。

「自分で嵌めろよ」

「男が女に指輪を送るときは嵌めてあげるものよ？」

「それ、婚約指輪とかの場合だろ……って、まぁいいか。小指でいいな？」

「うん。いまはそこでいい」

指輪をミルクの左手の小指に嵌める。

指輪は魔道具のため、自動的にその指にちょうどいいサイズに小さくなった。

彼女はその指輪を嬉しそうに見つめる。

プレゼント選びに失敗したかと思ったけれど、喜んでくれてよかった。

そして、「飴、もう一個舐める？」「うーん、喉が渇きそうだし、いまはいらないかな？」なんて話していると気配がした。

「ミルク――気を付けろ。何か来る」

「何かって魔物っ!?」

「いや――」

魔物の気配ではなく人間の気配だ。

でも、これは本当に人間なのか？
イビルオーガよりもさらに強大な気配がこっちに近付いてくる。
その気配には鬼気迫る何かを感じた。
そして、通路から現れたのは、黒髪マッチョのおっさんだった。
目が血走ってる。
鼻息が荒い。
何この人、怖いっ!?
黒髪マッチョのおじさんが、涙を流してこっちに走って来る。
ってあれ？　あの顔って——
「ミルク！　無事でよかったぁぁぁぁっ！　マイスイートエンジェーーーールっ！」
「パパっ！　来てくれたのっ!?」
やっぱりミルクの親父さんだっ!?
テレビで何度か見たことがあるぞ。
でも、ミルクの親父さんっていま富士山にいるんじゃなかったっけ？
「ミルク、それで彼は誰だ？」
ミルクの親父さんは一通り娘への心配と再会を喜ぶ言葉を口にした後、俺を見た。

「泰良だよ。幼馴染の壱野泰良。前に話したよね？」

ミルクが事情を説明した。

彼の名前は牧野牛蔵。

公表されているレベルは３８０で、関西ランキング第三位の探索者。

推定換金額は15億Ｄ以上。

「パパ、どうしてここにいるの？　富士山にいたんじゃ……それにアシッドスライムは？」

「乗ってきていた輸送用のヘリでここまで飛ばしてもらったんだ。アシッドスライムは私の拳の風圧で吹っ飛んだよ」

牛蔵さんはそう言ってじっと俺を見る。

「もう、パパ。泰良がいなかったら本当に死んでたんだから。まずはお礼を言ってよ」

ミルクは俺がバイトウルフを倒したことを伝え、俺は警備の目をかいくぐってダンジョンに入ったことにした。

「なら、ここから一緒に出てもらうときも、私の助手として一緒に入ったということにしよう」

「助かります」

「君は娘の命の恩人だ。感謝の対価としては遠く及ばないよ。早く出よう。母さんが心配している」

牛蔵さんはそう言うと、ミルクの頭に手を触れた。

何かスキルを使ったのだろう、ミルクが眠ったように彼の腕に倒れる。

「一階層は大変なことになっている。いまの娘に見せたい光景じゃない」

一階層で逃げ遅れた人は全員死んだとダンポンが教えてくれた。

「ダンジョンはどうなるんでしょうか?」

一階層で本来は現れないような魔物が出てきて、大勢の人が死んだ。

ダンジョンは危険な場所だと多くの人が理解する事件だ。

「どうにもならんよ。ダンジョンの本質はいつも同じだ。君にも何《いず》れわかるときがくる」

彼のその言葉の意味を知ることになるのは、遥か先の話だった。


ミルクを奇跡の生還者としてマスコミは大きく取り上げようとしていたようだが、牛蔵さんの意向により彼女の名前が表に出ることはなかった。そして、俺は助手としてダンジョンに入ったモブAとして、誰も認識すらしていないようだった。

死者二十七人というのは、日本のダンジョンで起こった一度の事故としては最大の死者数だ。

その事件の怒りの矛先はアシッドスライムが現れたときに真っ先に逃げ出した講師の探索者に。そして、押野グループ、政府、ダンポンへと飛び火していくかと思われたが、その話はすぐに風化していった。

不自然なくらいに。

# 第四章　金髪の女忍者現る

ゴールデンウィークが終わり、平日が戻ってきた。

俺の場合、休もうと思えばＰＤ《プライベートダンジョン》でいくらでも休みを取れるわけだし、学校のほうがいい気分転換になっている気がする。

平和な日常だ。

青木《あおき》が死んだ魚のような目をしていることを除けば。

「どうしたんだ？　青木」

「ああ……壱野《いちの》、俺、もうダメかもしれん」

「どうしたんだ？」

「理想の美少女を見つけた」

なんということだろう。

青木が恋に落ちたらしい。

「本当に？　青木くん、好きな子できたの？」

耳聡《みみざと》い水野《みずの》さんも会話に加わってきた。

「相手はお前のこと知ってるのか？」

「めっちゃ知ってる」

「どんな子?」

「これ――」

好きな相手を「これ」って呼ぶのはよくないなって思いながら、俺と水野さんは青木が差し出したスマホを見る。

そこに映っていたのは、恥ずかしそうにしている超絶カワイイ美少女の写真だった。

百人に聞いたら百人がかわいいっていう美少女だ。

「わぁ、かわいい……あれ?　でもどこかで見たような」

「俺も見た覚えがある」

この娘に惚《ほ》れたら絶対にいけないような空気を俺は肌で感じていた。

それに、なんかこの子にどこかで会った気がするんだよな。

特に目元に見覚えがある。

と、俺は青木の顔を見て気付いた。

「…………これ……もしかして」

「青木くん?」

俺と水野さんの問いに、青木は少し間を置き、小さく頷《うなず》いた。

「……響《ひびき》さんの動画サイト、女性が多いから男性ファンを取り込もうって。それで俺に女装さ

せたらウケるんじゃないかって話になって。最初はなんの冗談かって思ったんだけど、編集の先輩がそういうメイクとか超得意で、気付いたらこの仕上がり。俺の理想の女性が俺の女装姿……まじなんの冗談だよ」

「……元気出せ。あとでジュース奢《おご》ってやるよ」

「私はジュースを奢るお金がないから励ましてあげるね。頑張れ」

俺と水野さんがそう言うと、青木は気持ちを切り替えたのか再起動し、

「が〇飲みメロンソーダで頼む。あと、探索者に復帰することになった。俺の人気が高いらしくてさ。響さんがダンジョン配信一緒にできたらって。それに、いまならダンジョンも空《す》いてるから一か月もあればレベル10になれるだろうって。レベル上げの間も給料出してくれるみたいだし。だから、今度の休み、一緒に梅田Ｄ《ダンジョン》に行かないか？」

「悪い。その日は別の奴《やつ》と遊びに行く約束してるんだよ」

次の日曜日は東《あずま》さんとダンジョンに行く約束をしている。

二人で三階層に行く予定なので、レベル１の青木はつれていけない。

万博公園Ｄ《ダンジョン》の事件で、もしかしたらダンジョンに行くのが怖くなったかなと思って連絡したけれど、俺と一緒に行くのを楽しみにしていると返信してくれた。

たぶん、まだ一人でダンジョンに行くのは怖いんだけど、でも一流の探索者になりたいって気持ちもあるんだろうな。

「じゃあ、水野さんは？」

「私は誕生日六月だし、ダンジョンみたいな危ない場所はイヤかな？」

「そうか……ところで、女装してダンジョン配信に参加したら給料三倍出すって言われたら、お前ならどうする？」

俺ならそんな会社すぐに逃げるね。

って思ったら、水野さんが絶対に女装するべきだって強く押していた。


日常が再び始まっても、非日常は続いていくようで、俺が学校から帰ってきたタイミングを見計らうかのように、一台のハイヤーが自宅の前に停《と》まった。

事前に連絡を貰《もら》っていたから驚かない。

俺を乗せたハイヤーはそのまま高速道路に乗り、市役所へと向かった。

そして市役所のエレベーターに乗り最上階のレストランへ。

地元の市役所の最上階がレストランになっているというのは話に聞いていたが、こうして来るのは初めてだ。

ミルクといい牛蔵《ぎゅうぞう》さんといい、牧野《まきの》家の人間は最上階のレストランが好きなのだろうか？

レストランに入ると牛蔵さんが窓際の席で待っていた。

他の客はいない。

「お待たせしました」

「わざわざ来てくれてありがとう。本当は我が家で話をしたかったのだが、妻はあの日、君がダンジョンにいたことを知らないからね。それに他の人にも話を聞かれたくない。貸し切りできるレストランというと、ここしか思い浮かばなかったんだ」

「貸し切りにしたんですか？」

「ここのディナーは予約客限定だからね。本来は十人以上限定だが、問題ない」

問題ないって……まぁ、お金持ちってそういうものか。

だが、おかしいな。

このテーブル、椅子が二つしかない。

あとから誰かやってくるという感じもしない。

「あの、ミルク……さんは一緒ではないのですか？」

「ミルクにはカウンセリングに行ってもらっている。本当は朝から行ってほしかったんだが、学校に行くと頑なでね」

え？　ってことは牛蔵さんと二人きり？

うわぁ、やりにくい。

額から嫌な汗がダラダラ流れて来る。

「好きなものを頼みなさい」

と言って飲み物のメニューを渡される。

コーラを注文させてもらった。

「コーラと、私にはウーロン茶を頼む」

「お酒は飲まないのですか？」

「この後富士山に戻らないといけないのでさすがにね。屋上にヘリを待たせてあるんだ」

そんな、車を待たせてある——みたいな。

俺が乗ってきたハイヤーも外で待ってるらしいけど。

「まず、これを君に渡しておこう」

牛蔵さんが一枚の小切手を俺に渡してきた。

ただし、金額の欄が空白だ。

書き忘れだろうか？　もしくは——

「あの、金額が書かれていないのですが……」

「娘の命に値段など付けられない。好きな金額を書きたまえ」

現実でそんなことを言う人間がいるのだな。

俺が十億円なんて書き込んだらどうするんだ？

試されているのだろうか？

「銀行には百億は貯金がある。時間を貰えればその二十倍は出せる。どのみち使い切れる額ではないし、今なお支出より収入のほうが多い。全部君に上げても構わん」

俺の想像を超えていた。

二十倍って二千億円!?

生き方が豪快すぎる。

俺は空白の小切手を見て、鞄《かばん》に入れていた筆箱からボールペンを取り出して数字を記入。

「これでお願いします」

「それだけかね？」

牛蔵さんは五万円の金額が書かれた小切手を不機嫌そうに見る。

娘の命は五万円だというのか？　と言いたそうな顔だ。

「ミルクさんとは、高級焼肉を奢ってもらうことで命を助けたことはチャラにする約束をしているんです。だから、これをミルクさんに渡してください。それ以上は望みません」

と言っても本当に渡すときは現金で渡してほしい。

父親から五万円の小切手を渡されてもミルクは困るだろう。

「本当にそれでいいのか？」

「それがいいんです」

「そうか……なら無理にとは言わない。しかし、高級焼肉というなら、あと五万くらい追加で渡しておこう」

牛蔵さんはそう言って、小切手を自分の内ポケットに入れた。

五万でも多いかなって思ったのに十万円か。

十万円あったら、一か月連続で焼肉の食べ放題行けるんだが。

高校生と大人の金銭感覚の違いか。

コーラを飲んで喉を潤す。

料理、早く来ないかな。

「ここからが本題だ」

牛蔵さんの話はこれで終わりじゃなかった。

空白の小切手以上の本題を俺は知らないのだが。

「これはまだ未発表なのだが、政府は今月中にEPO法を成立させる予定だ。君も名前くらいは聞いたことがあるだろう」

「それって、ギルドってやつですか?」

「政府は頑なにその呼び名を嫌っているが、その通りだ」

EPOは、Explorer's Partnership Organizationの略で、日本語に直訳すると探索者協力組織。

俗にギルドと呼ばれている探索者のグループに関する法律で、去年あたりから噂《うわさ》にはなっていた。

いまは企業と契約したり個人同士でパーティを組んだりしているが、政府はそれを独自の枠で管理したいらしい。

探索者専用の法人枠を作る。

必要なときに政府の仕事を受けてもらう代わりに、税制面で大きな優遇を受ける法人組織らしい。

海外でもアメリカなど多くの国がその法を取り入れていて、日本はこれまで大きな後れを取っていた。

「ＥＰＯ法人には様々な特権が与えられる。税制優遇も大きいが、何より正会員の安全マージンの緩和がある。本来行ける階層より二階層深く潜れる。既にダンポン側の承認も貰っている。認可されるＥＰＯ法人の数は三十。正会員として認められる探索者は一つの法人につき探索者五十名まで。それ以上に探索者が増えると管理も難しいからね」

「凄《すご》い話ですね」

ということは、探索者の枠で最大で千五百人のギルド組員……もといＥＰＯ法人の正会員が生まれるわけか。

プロとして活動している探索者は一万人以上いるが、ここでプロの中でも差が生まれるわけだな。

「私もそのＥＰＯ法人を立ち上げるように政府から要請を受けている」

「おめでとうございます」

「ありがとう。そこで相談なのだが、君も私のＥＰＯ法人の正会員にならないかね？　基本給として二百は用意するつもりだ」

「基本給で年収二百万円ですか？」

それは大きい。そこから出来高制で給料が増えていくのか。

「いや、月給だ。そこから成果報酬を加える。バイトウルフを倒せる君だ。いまからでもその倍は余裕で稼げるだろう」

基本給年収二千四百万で、しかも税制優遇もついてくるのか。

普通なら迷わず飛びつく話だな。

だけど――

「すみません。まだ考えられません。学校もありますし」

「好機というのは手に入るうちに手に入れておかないと逃げるものだぞ？」

「それでも――はい。えっと、牛蔵さんは知っていると思いますが、俺が石舞台《いしぶたい》ダンジョンに入った方法って、普通とは違うスキルなんですよね」

俺がそう言うと、牛蔵さんは黙った。

そして、徐《おもむろ》に口を開く。

「想像はつく。正規の方法以外に入る転移スキル。他の人に気付かれずに中に入る透明化スキルに認識阻害スキル。まぁ、このあたりだろう。こういうスキルが発現者するのはレベル100以上だが、低レベルで発現する可能性もある。非常に稀《まれ》な話だがな」

そのどれでもありません。

やっぱり、本来、珍しいスキルはレベルが高いほど発現しやすいのか。

D《ディー》缶のスキル玉について説明しようかと思ったが、その情報が公になったらD缶の値上がりは必至。

牛蔵さんから情報をリークしてもらうにしても、もう少し手元にあるD缶の数を増やしたい。

「どれも犯罪者にとっては喉から手が出るほど欲しいスキルでもある。レベル100以上の探索者だとダンジョンの外でステータスの恩恵が大きく下がるといっても自衛の手段くらいは持ち合わせているが、君のレベルと年齢ではそれも難しいか。確かにEPO法人の正会員のスキル情報は上に報告しないといけない。政府から情報が洩《も》れる可能性は低いが絶対とも言えない……か。わかった。いまは保留としよう。君の席は空けておくから、気が変わったらいつでも言ってきなさい」

「ありがとうございます」

「礼を言いたかったのはこちらなんだ。このEPO法人の誘いも一つの礼のつもりだったんだが、却《かえ》って迷惑だったようだな。さて、ではどう礼を返したものか」

「……あ、そうだ！　だったら牛蔵さんがダンジョンで見つけて使わないまま放置してあるD缶、少しでいいんで貰えませんか？　集めるのが趣味なんです」

「D缶か。確かに家の倉庫にいくつかあったはずだ。わかった、送らせよう」

「ありがとうございます」

これで新スキルやレア魔道具がゲットできるかもな。

「それと、これも渡しておこう」

牛蔵さんが次に取り出したのは黒いカードだった。

ブラックカードなんて言わないよな？

さすがに他人のクレジットカードを持っているのは怖いぞ――と思ったら、そこに書かれているのは俺の名前だ。

「押野《おしの》グループの特別会員証だ。これがあれば押野グループのホテルで最大十名まで、宿泊だけでなく、レストランやスパを含む各種サービスを利用できるし、押野グループが管理するダンジョンに入ることもできる。普段は予約が必須のホテルだが、特別室はだいたいいつも空室になっているから予約も必要ないだろう。部屋が満室だったら系列の別のホテルを紹介してくれるはずだ」

「へっ!?」

間抜けな声が出た。

ある意味ブラックカードより恐ろしい。

大阪のある有名ラーメンチェーン店だと一生無料で食べられるカードってのがあるらしいけれど、その比じゃない。

「今回の謝礼と詫《わ》びに渡されたものだが、私には必要ないから君の名前で登録しておいた」

凄いカードだ。

彼はそう言うと、立ち上がった。

「では、私はもう行くとしよう。私と一緒だと緊張して食事も美味《おい》しくないだろう。それにヘリを待たせるのもよくない。会計は済ませてあるから心配するな」

「ありがとうございます」

牛蔵さんは去り際、立ち止まり何やら考え込む。

どうしたのだろう？　と思ったら彼は振り返ることなく、

「ダンジョンには危険がつきものだ。私にもしものことがあったら、そのときは娘のことをよろしく頼むよ、壱野くん」

「はい、もちろんです」

「だが、私の目の黒いうちはそういかないから注意したまえ」

娘に手を出したら殺すって雰囲気がひしひしと伝わってきた。

俺が怯《おび》えながら頷くと、彼も深く頷き、そして堂々と去っていく。


次の日、俺が学校にいる間に自宅に宅配業者のトラックがやってきたらしい。

牛蔵さん、昨日の今日でＤ缶を送ってくれたんだ。

母さんが受け取りのサインをしてくれたが、めっちゃ怒られた。

そりゃ怒られるよな。

学校から帰ってきたら玄関が段ボールで埋め尽くされていて中に入ることができなかったのだから。

でも、俺は悪くないと思う。

まさかＤ缶が段ボール三百箱以上も送られてくるなんて思わないじゃん。


「いやぁ、ＰＤってマジで便利だな」

ミルクの親父さんから送られてきた段ボールは全部ＰＤの中に運んだ。

お陰で広々としていた一階層の入り口が段ボールでいっぱいになっていた。

「ＰＤは倉庫じゃないのです」

ダンポンが文句を言うけれど、他に置き場所がないから仕方ない。

レンタルガレージを利用するって案もあったんだけど、さすがに勿体《もったい》ない。

「どうせなら、タイラのインベントリに入れたらいいのです」

「無理だ。D《ディー》メダル以外と魔石以外、インベントリには同じものが九十九個までしか入らないからな。ダンポンだって知ってるだろ？」

石舞台《いしぶたい》ダンジョンに行く前に、五〇キログラム以上のドロップ品を持って地上に戻るというミッションを達成して開いたD缶の中に入っていたのはスキル玉だった。

そして、それを舐《な》めて覚えたのがインベントリ――所謂《いわゆる》無限収納とかアイテムボックスとかいうやつだ。

これが便利なのは、周囲五メートル以内に落ちているものを、触れなくても収納できるという点にある。

しかも、設定したら意識しなくても収納可能。

なので、落ちているドロップ品は自動収納することも可能。

わざわざ一個一個拾わなくてもよくなった。

欠点があるとすれば、初めて拾うものについては、自分で拾わないといけないということ。

インベントリは目録という意味である。

既に項目があるアイテムを拾うときは数字を変えるだけでいいが、初めてのアイテムは目録を追加する作業が必要だからだとダンポンが説明してくれた。

また、ダンジョンで作られたもの以外は収納できない。

水や食料を含めて。

そのため、荷物を入れるリュックサックはやっぱり必要になっている。

「さて、仕分け始めるか」

段ボール三百箱のＤ缶。一箱には約五十個の缶が入っている。

つまり、全部で約一万五千個。

これの仕分けは一日がかりの作業になるな。

ってことで仕分けを開始する。

以前は今すぐ開けられるもの、時間をかければ開けられるもの、暫《しばら》く開けられないものの三種類に分類した。

今回は開ける難易度を四段階に分けて、難易度では分別できないその他の五種類に分類しようと思う。

具体的な例を出そう。

レベル１
【三回擦《こす》って床に置く】
【この缶を持っている状態で10万Ｄ《ディー》換金する】
【虫眼鏡で光を集めて浴びせる】

【詳細鑑定で調べる】（開封済み）
【ダンポンに開けてもらう】

レベル2
【この缶を腰に下げて、フルマラソンを完走する】
【百年経過（残り九十八年十一か月十五日二十一時間十九分三十二秒）】
【誕生日にこの缶をプレゼントしてもらう】
【四十八時間起きた状態でこのD缶を持ち続けている】
【高度四〇〇〇メートル以上の場所に持っていく】

レベル3
【百か所以上のダンジョンに入る（現在六十八か所）】
【西表島《いりおもてじま》ダンジョン三十三階層の祭壇に供える】
【複数の女性と同時に結婚する】
【ポ〇モン緑、赤で百五十匹を自力で揃《そろ》える】
【ダンジョンの五十階層に持っていく】

レベル4

【換金ランキング世界十位以内になる】

【スキルを千個覚える】

【レア缶のため開封条件無し】

【激レア缶のため開封条件無し】

その他

【ダンジョンを一つ破壊する】

【愚者の石を缶の上に置く】

【クエスト：エルフの賄い飯をクリア】

【魔物をテイムする】

【ダンジョン神となる】

てな感じだ。

レベル3は面倒すぎるもの。

レベル4は実質不可能。

その他は、そもそも意味がわからない。

ダンジョンの破壊が可能なのかもわからないし、愚者の石ってアイテムも知らない。

それにクエストってなんだ？　エルフって本当にいるのか？

モンスターのテイムは不可能だって言われているし、ダンジョン神って本当にわからん。

百年経過ってのも実質不可能かと思ったけれど、よく考えればＰＤに置いておけば俺がＰＤに入っていない間に勝手に時間が経過して、数か月で開きそうだ。

何度か仮眠をとりつつ、なんとか仕分けを終わらせる。

今すぐ開けられそうな缶は全部で三千二百十五缶。（うち七缶は仕分け中にふとした拍子に開いてしまった）。

それでも時間がかかりそうだ。

ただ、レア缶と激レア缶ってなんなのだろう？

開封条件無しって出てるんだが。

「それは魔法の缶切りを使うのですよ。どんなＤ缶でも開けることができる使い捨ての缶切りなのです。ダンジョンの中で極稀に見つかるのです」

「そういうことか」

あとでわかったことだが、この魔法の缶切り、非常に値段が高い。

なんと一個一千万円以上する上に、滅多に出回らない。

それだけ珍しいアイテムなのだろう。

お金に余裕ができて、そのとき、ネットに出回っていたら買うとしよう。

そして、今すぐ開けられるD缶。

全部開けてしまおうと思ったが、全部開けるには時間がかかるし、何より楽しみがなくなってしまう。

なので今日は仕分け中に勝手に開いたものだけで我慢しておこう。

それでも面白いものがいろいろ入っていた。

【変身ヒーローの仮面：仮面をつけていると正体がバレなくなる魔道具】

目の部分だけを隠す仮面で他はバレバレなんだが、魔道具というから効果はあるのだろう。

価格は不明。

ネットに出回っていないからだ。いろいろと悪用できそうだし。

【魔導士の杖《つえ》：魔力を向上させる杖】

D缶より小さなものしか出ないって書いてあったのに、なんかそれより大きいものが出た。

地獄の業火《ヘルファイア》の威力がさらに上昇するってなると、ますます近くで魔法が使えなくなる。

【英雄の霊薬：どのような大怪我《おおけが》でもたちどころに治癒してしまう薬。死人には効果がない】

これが一番の当たりだと思う。

売値を調べたところ、時価としか書かれていない。

そして、スキル玉が一つ。

それを舐めたところ覚えたスキルが、〝怪力〟という攻撃が一割上昇するパッシブスキルだ。

普通のスキルも覚えるんだなと少し安心した。

半分以上当たりなのも、幸運値のお陰だろうか？

ちなみに、ハズレの缶の中にはマシュマロと乾パンと水筒が入っていた。

水筒は普段使いできそうだ。

水筒と魔導士の杖は缶よりも大きなサイズなんだけど、缶が開くと同時に外に飛び出した。

「ダンポン、気分転換にダンジョンに潜るけど、三階層まで石舞台ダンジョン、四階層と五階層は万博公園ダンジョンってできる？」

「可能なのですよ。あと、石舞台ダンジョンは七階層まで入れるのです」

「え？」

「タイラは余裕でバイトウルフを倒していたので、七階層までならいいだろうって石舞台ダンジョンを管理してくれている仲間から許可を貰ったのです」

「本当にっ!?　だったら万博公園ダンジョンはイビルオーガのいる階層まで行けるのか!?」

「それは無理なのです。あのときのタイラさんは獄炎魔法の一芸でイビルオーガを倒してましたけど、あの魔法は一度使ったら暫く使えなくなる大技。複数のイビルオーガを相手にするにはまだ弱いってことで五階層までしか追加できないのです」

「そっか。まぁそうだよな。だったら、七階層まで石舞台ダンジョンで頼む」

ということで、石舞台ダンジョンをコピーした階層に。

一階層はやっぱりスライム。

面白くないので素通り。

二階層は歩きキノコとハニワ人形。

このハニワ人形、これまでと違って結構面白い魔物だ。

何が面白いかっていうと、形がバラバラなんだ。

馬だったり兵士だったり、ムンクの叫びみたいなのだったり。

頭を目掛けて飛び掛かってくるのでもしも当たったら痛そうなんだけど、それを受け止めて壁に放り投げるのがストレス解消になって気持ちいい。

パリーンッ！　ていう音が爽快だ。

ちなみに、ハニワ人形のドロップ品は翡翠《ひすい》の勾玉《まがたま》。

だいたい二匹に一個くらいの確率で落ちる。

魔除《まよ》けの効果があるらしい。

とりあえず百匹のハニワ人形を投げて割ってちょうど五十個の勾玉を手に入れた。

もちろん歩きキノコからは毎回キノコが出た。

キノコがインベントリに入りきらなくなったので、三階層に移動する。

三階層はコボルトと黒スライム、そして張り付きリザード。

リザードマンと違って大きなトカゲなのだが、怖いのは壁や天井に張り付いているところ。

そして飛び掛かって来る。

気配探知があって気付いていても怖い。

面白味のない階層なので、さっさと四階層に行く。

そういや、ここの四階層って何が出るんだっけ？

三階層までしか入れないと思ったから、三階層までの情報しか調べてこなかったんだよな。

そう思って歩いていると——半透明の幽霊のようなものがこっちに近付いてきた。

「よりによってゴーストかよっ！」

俺は逃げた。

ゴーストには物理攻撃が効かないからだ。

逃げた先にまたゴーストが。

なんだこれ、ゴーストってこんなたくさん出るものじゃないだろ——安全マージン的にも……

って、このダンジョン、魔物の出現量を五倍に設定してるんだった！

逃げ続けるうちに、さらにゴーストの数は増えていく。

ゴーストは触れた相手の生気を奪い取るドレインタッチというスキルを使う。

あの数のゴースト全員にドレインタッチされたらヤバイぞ。

俺は三階層に続く階段まで逃げて、そして——

「解放：地獄の業火《ヘルファイア》！」

追ってきていたゴーストを一網打尽にした。

落ちたのは霊珠という石で、勾玉と同じようにアクセサリーなどに加工して使うらしい。

魔力が尽きたので同じ手は使えない。

魔法の武器とか低コストの魔法とかがないと突破は難しいだろうな。

ＰＤから出て、そのまま風呂に行く。

すっきりしたところでスマホを確認すると不在着信とメッセージが一通ずつ。

不在着信はミルクから、メッセージは東さんからだった。

まずはミルクに電話する。

ワンコールの途中でミルクが出た。

まさかスマホの前で待機してたなんてことはないよな？

『さっきは夜遅くに連絡しちゃってごめんね』

「夜遅く？　ああ、いま夜の十時か」

『もしかして寝てた？』

「いや。ちょっと作業に没頭していて時間の感覚がなかっただけだ。それより、大丈夫か？」

『全然平気だよ。カウンセリングでも問題なかったし。パパは大袈裟《おおげさ》なんだから』

「それだけミルクのことが心配なんだよ」

『わかってるんだけどね……あ、それで約束してた焼肉だけど、今度の日曜日どうかな？』

「あぁ、今度の日曜日……友だちとダンジョンに行く約束してるんだよなぁ」

『そうなんだ。じゃあ……』

「ミルクも一緒に来るか？」

『え？』

「その友だちも、俺みたいな男と二人きりより、同じ年くらいの女の子と一緒のほうが気が楽かなって思ってさ。焼肉はその帰りにでもどうだ？」

俺がそう言う。

するとミルクが急に黙った。

あれ？

電波の調子が悪いのか？

『…………泰良《たいら》。その友だちって女の子なの？』

「そうだぞ」

『だったら私も行く』

なるほど、知らない男と一緒に行くのは嫌だけど、女の子だったら友だちになれるかもって思ったわけか。

「じゃあ、一応相手にも許可取っておく。でもその友だちもレベル高いから中では一緒に行動できないかも」

『大丈夫。バイトウルフを倒したときにレベル10まで上がって、パパのギルドの正会員になったから。泰良、昨日聞いたんでしょ？　まだ法律は決まってないけれど、安全マージンの緩和は受けられるから、五階層までなら入れる』

「そ、そうか」

なんかいつになくやる気だな。

詳しい待ち合わせの時刻を決めて一度電話を切った。

そして、東さんからのメッセージを確認する。

日曜日の待ち合わせ場所の確認と、手作りのお弁当を俺の分まで作るっていう連絡だった。

この前お昼ご飯を奢ったお礼だろうか？

気を使わせて悪いな。

お礼のメッセージを送ると、即座に「どういたしまして。楽しみにしています」と返事が来た。

ミルクといい、東さんといい、女子校生って即着信、即返信が基本なのか？

そして、「一緒にダンジョンに行きたいって友だちもいるんだけど誘っていいか？」って質問をしたら、返事が来なかった。
さっきは一瞬で返事が来たのに。
そして——十五分後に「壱野さんのお友だちなら大歓迎です」とようやく返信が。
もしかして、お風呂に入っていたのだろうか？
その後、石舞台ダンジョンの情報を確認する。
ゴーストの対処法が書いてあった。
ゴーストは勾玉を投げたら倒すことができる。
一度投げると勾玉は割れてしまうので、複数の勾玉を用意しようって書いてあった。
そんな簡単な攻略法があったとは。
やっぱり情報は大事だな。
日曜日に行くダンジョンの情報も調べておこう。

日曜日。天気は晴れ。気温おだやか。
今日は絶好のダンジョン日和だ。
自転車を駐輪場に止めて、駅前のドーナツ屋の前で待つ。
路線バスが停《と》まって、緑色の髪の少女が降りてきた。
東さんだ。

彼女はまだ俺に気付いていないようだったので、こちらから手を振ると俺に気付いて振り返す。

「お待たせしました」

「俺も今来たところだよ」

まるでデートの待ち合わせみたいな光景だ。

残念ながら俺に彼女はいないけれど。

東さんは周囲を見て尋ねる。

「一緒に来るって言っていた人はまだ来てないんですか？」

「いや、一緒に行く予定だったんだけど、家の都合で急に来られなくなったって朝連絡があったんだ」

「……っ!?　そうだったんですか。へぇ、そうなんですか」

なんか嬉しそうだな。

もしかして人見知りとかするタイプなのだろうか？

ミルクは手作りのクッキーまで作ってみんなで食べるつもりだったらしく、来られないと残念がっていた。

急いでいるらしいのに、朝、わざわざ家まで押しかけてそのクッキーを渡してくれた。

そのことを伝えると、東さんが「やっぱり手強《てごわ》い」と感想を言う。

確かにミルクの女子力って、他の女の子からしたら脅威かもな。

でも、お弁当を作ってくれている東さんも女子力は高いと思う。

「それで、今日はどこのダンジョンに行くんですか？　梅田ダンジョンですか？　それとも若草《わかくさ》山《やま》ですか？」

「いや、せっかくだし珍しいダンジョンに行こうと思ってね。天王寺《てんのうじ》に行こうか」

天王寺といえば、麻布台《あざぶだい》ヒルズに抜かされるまで日本一高いビル、あべのハルカスがある駅だ。

その隣にある「てんしば」と呼ばれる公園にもダンジョンがある。

大阪の市内で、梅田の次にどこにダンジョンを作るかの話し合いで、難波《なんば》に作るか天王寺に作るか揉《も》めに揉めて、勝ち取ったのが天王寺だった。

そして、天王寺駅の目と鼻の先、あべのハルカスの横にある芝生広場――てんしばエリアにダンジョンが作られることとなった。

地元は大いににぎわった。

まさか、その僅か一年後に押野グループがてんしばダンジョンを買収するとは思ってもいなかったが。

「天王寺っててんしばダンジョンですよね。ホテルの宿泊客しか入れなかったはずですが」

「うん。でも伝手《つて》があって。電話して確認したら入ってもいいってさ」

「もしかして、壱野さんって凄いお金持ちの人なんですか？」

「まさか。父さんは普通の会社員だし、母さんは専業主婦の庶民だよ」

凄いのは俺じゃなくて牛蔵さんだ。

ついでにお昼も押野ホテル系列のレストランもただで利用してもいいって話だったけれど、女の子の手作りお弁当のほうが遥《はる》かに価値が高いので今回はダンジョン利用のみにしている。

行先も決まったので、二人で電車に乗った。

移動中、家族の話になった。

「壱野さんってお兄さんがいるんですね」

「うん。年が離れてるから一緒に暮らしてないけどね。東さんは？」

「私は二つ下に妹が。高校生になっても甘えたで、ちょっと困っちゃいます」

「東さんはしっかりしてるから甘えたくなるんだろうね」

「そんな、私、全然しっかりなんてしてないですよ」

東さんが恥ずかしそうに言うけれど、あんなことがあってもまだダンジョンに入って頑張ろうって思えるのは凄いと思う。

覚醒者だからといって、ダンジョンに入らないといけない義務はないのだから。

「そういえば、東さんの家だと万博公園ダンジョンより梅田ダンジョンのほうが近い気がするけど、あの日はなんであっちにいたの？」

「えっと、恥ずかしい話なんですが。私、どうしても欲しいものがありまして。それが過去に万博公園ダンジョンで出たって話を聞いたことがあったんです。といっても、だいぶ下のほうの階層ですし、出たのも一度だけ。二四目のどじょうを探しているみたいで恥ずかしいです」

「いやいや、そんなことないよ。ちなみに、どうしても欲しいものって何か聞いてもいい？」

「聖女の霊薬っていうアイテムなんです」

聖女の霊薬――英雄の霊薬と対になる魔法薬だ。

英雄の霊薬はどんな怪我でも治すのに対し、聖女の霊薬はどんな呪いや病気も癒してくれる。

って――

「もしかして、家族に重い病気の人がいるの？」

「ち、違います違います！　家族は全員元気です！」

彼女は慌てるように否定し、電車で大声を上げてしまったことを恥じたように、しゅんとなった。

まぁ、聖女の霊薬って英雄の霊薬以上に高値で取引されているから、憧れる気持ちはわかる。

手に入れたら人生百周くらい遊んで暮らせるお金が手に入るらしい。

途中、電車を乗り換え、天王寺駅に到着。

休日だから人も多い。

特に芝生広場であるてんしばエリアはいろんな屋台が集まるイベントをしていた。

いまは開店準備段階だけれど、開店時間になればさらに多くの人が集まることだろう。

その賑わいとはうってかわって、てんしばの奥にあるてんしばダンジョンの入場ゲートの中は、宿泊者オンリーのダンジョンのため静かなものだった。

ブラックカードを見せて入場の許可を貰い、貴重品等を預けると、それぞれ更衣室に移動。

ダンジョン内に鍵を持ち込めないため、ダイヤル式のロッカーで着替えを済ませる。

といっても、低階層のダンジョンだと普段着のまま入る人がほとんどだ。

激しく動いたりしないいし、気温も暑くもなく寒くもないからな。

俺も普段の恰好《かっこう》のまま更衣室を出る。

暫くして、おしゃれジャージの東さんが更衣室から出てきた。

短い髪のため、スポーツ少女って感じがする。

「お待たせしました」

「着替えたんだ。そのジャージも似合ってるよ」

「ありがとうございます。あの服は大切な服なので、汚したくなかったので」

「え、でもウニクロの服だよ?」

「壱野さんがせっかく買ってくれた服ですから」

可愛《かわい》いこと言ってくれるな。

でも、そこまで大切に思ってくれるのなら、やっぱりもうちょい高い服を買ってあげればよかった。

てことで、てんしばダンジョンの中に。

一階層では探索者っぽい人が袋にスライムを詰めていた。

初心者講習用のスライムらしい。

初心者講習は十時からなので、まだ客は来ていないか。

ダンジョン内の地図を貰っていたので、迷うことなく二階層に続く階段に到着。

「一階層ってやっぱりどこでもスライムなんだよな」

「黒いダンジョンは違うみたいですけどね」

「俺も動画見た。あれは別世界だわ」

アメリカ以外にもいろんな国で黒いダンジョンの配信動画がネットに上がっているが、どこも一階層からレベル50相当の魔物が現れていて、高難度ダンジョンって感じがする。

一般開放されることがあっても、富士山の山頂まで登るのは面倒そうだし、俺はこっちのダンジョンでいいや——と思いながら二階層を歩いた。

そして——

「あっちに魔物がいるな。倒しに行くか」

「わかるんですか?」

「気配探知スキルを持ってるんだ。レベル10で生えた」

スキルを覚えることをベテラン探索者は「生える」と呼ぶらしい。

人間には才能という名の種があって、レベルが上がることでその種が芽吹くから――とカッコいい説明があったが、気付いたらそこに出ているのがまるで雑草が生えるような感じだからというのが本当の理由だ。

「便利なスキルですね。探索が捗《はかど》りそうで羨ましいです。私、スキルが風魔法しかなくて」

「いや、風魔法はいいよ。消費魔力が少ないから、ゴーストのような魔法が弱点の敵に連続して使える。俺なんて一発魔法を使ったらもう使えなくなるからな」

「その魔法が凄いんですよ！　まるで伝説の勇者です！」

東さんが褒めてくれるけれど、名前に〝獄〟とか入ってる魔法を使うのって、勇者より魔王っぽいよな。

魔物のいるほうに歩いて行くと、そこにいたのはツボを背負ったタコだった。

「ツボタコですね」

「見たまんまだよな」

ただ、あのツボは亀の甲羅みたいに成長するにつれて大きくなる身体《からだ》の一部らしい。

攻撃方法は墨を吐く、絡みつくの二種類のみ。

脅威ではない上、タコ墨は吐いたツボタコを倒してしまえば消えてしまうので服が汚れる心配もない。

ちなみに、ツボを壊したら倒せる。

「東さん、倒してみる？」

「はい！　解放：一陣の風《ショートウインド》」

風の刃《やいば》がツボタコに飛んでいくが、ツボタコのツボを掠《かす》っただけだ。

「もう一度——解放：一陣の風《ショートウインド》」

今度は命中し、ツボが割れた。

ツボタコは消えてＤメダルが残った。

「ふぅ、倒せました」

「大丈夫？」

「連続魔法による眩暈《めまい》です。大丈夫です」

魔法は連続して使用すると眩暈のようなものを起こす。

魔力が高いほど連続して使用できるようになるらしいが、魔力が低いうちは二連続が限界って感じだ。

「一回目外してしまいました。やっぱり杖がないと難しいですね」

「杖か……じゃあこれを使ってみなよ」

俺は魔導士の杖を取り出した。

「え？　壱野さんの鞄ってどうなって——もしかしてアイテムボックスですかっ!?」

「うん、まぁそんな感じ」

「凄い！　レアスキルじゃないですかっ！　さすが壱野さんです」

アイテムボックスは珍しいけれど、持っている人がいないってわけじゃないから、誤魔化すこともできる。

本当はインベントリだけど。

アイテムボックスを覚えている人の話によると、見えない箱の中にものを入れることができるイメージらしい。

大きさは洋服用の収納箱程度のため、インベントリの下位互換だな。

まぁ、小さなものだったら九十九個以上入るから、完全に下位互換ではないが。

「これ、魔導士の杖ですよね」

「うん。D缶から出てきたんだ」

「D缶って、缶より大きいものは出ないんじゃなかったでしたっけ？」

「そうなんだけど、出ちゃったんだよね。俺は基本剣で戦うからあんまり杖は使わないんだ。だから、よかったら使ってよ」

「そんな――これだって売れば――」

「じゃあ、貸してあげるから使ってよ。どうせ俺は使わないし。返すのはいつでもいいからさ」

「わかりました……ではお借りします」

「うん。じゃあ、あっちにまた魔物がいるから試し撃ちしてみようか」

と俺は東さんを案内する。

そこには二匹のツボタコがいた。

「じゃあ、東さんが一匹倒して、次に俺が倒すって感じでいいかな？」

「はい。では、解放：一陣の風《ショートウインド》」

東さんがさっきと同じように魔法を使った。

その瞬間、二陣の風の刃が生み出され、ツボタコのツボが割られるどころか、その身体が四等分に切り分けられてしまった。

あまりの威力の違いに、東さんも目が点になっている。

いや、威力が違うって次元の話じゃない。

なんで発生する風刃が一陣から二陣になってるんだっ!?

「い、壱野さん。これ、本当に魔導士の杖なんですかっ!?」

「そ、そのはずだけど。ちょっと貸して？」

と俺はその杖を手に取ろうとした瞬間、バチッと激しい静電気のような音とともに手が弾《はじ》かれた。

「私、何もしてないですよっ!?」

「わかってる」

あれはただの魔導士の杖だったはず。

もしかして、鑑定結果を偽装していたのか？

呪われた武器とか渡していないよな。

改めて鑑定してみる。

【大魔術士の杖：魔力を大幅に上昇させ、さらに魔法を覚醒へと導く伝説の杖（※東アヤメ専用）】

東さんにあげた杖が大魔術士の杖とかいうなんかチートっぽい武器に変わっていた。

さらに詳細鑑定で調べる。

【大魔術士の杖：持ち主が決まるまで鑑定結果は偽装されている。持ち主が決まると、その人に応じた特性が追加される】

追加特性は以下の通りだった。

連続魔法：魔法を四回まで連続で使ってもペナルティが発生しない。
魔法覚醒：魔法の威力が大幅にパワーアップする。
魔法誘導：魔法の命中率が上がる他、追尾機能を付与することができる。
偽装：鑑定結果を偽装することができる。
帰属：持ち主以外の人間が手にすることはできない。魔力を20消費することで杖を手元に戻すことができる。
不壊：この杖は持ち主が生きている限り決して壊れない。持ち主が死ぬと自壊する。
魔力充填《じゅうてん》：魔力の回復速度が大幅に上昇する。
大魔術士：持ち主の魔力が五割上昇する。

とんでもねぇな。

「壱野さん、どうしました？」

不安そうな顔で東さんが尋ねる。

「えっと、なんて説明したらいいのか……これ、魔導士の杖の鑑定情報が偽装されてたっぽい。鑑定で調べたら別の杖になってる」

「偽装っ!?　って、え？　壱野さん、鑑定スキルも使えるんですか!?」

本当は詳細鑑定だけど。

なんか、東さんにいろいろとバレてしまってるが、ここで鑑定スキルのことを説明せずには杖の説明ができない。

「うん、まぁ、そのことは置いておいて、鑑定してみたところ大魔術士の杖って名前の杖に変わってる」

「聞いたことがない杖です」

「魔法を覚醒へと導く伝説の杖らしい」

「伝説のっ!?　すみません、私、知らずに使っちゃって。返します」

「いや、それが東さん専用の武器になっちゃってるっぽいんだよね。たぶん、最初に杖を使った人以外使えなくなる仕様みたい。さっき弾かれたのもそれが原因」

「そんな……じゃあ、これってダンジョンの受付に預けることもできないんですか?」

「うん、そうなるね……まぁ、杖は剣と違って銃刀法に抵触していないから申請無しに持ち歩くこともできるし……普段はギターケースとかゴルフバッグに入れて持ち歩いたらいいんじゃないかな?　とりあえず戦闘を終わらせようか」

俺はそう言って、仲間がズタズタに切り裂かれた結果恐怖で気絶しているもう一匹のツボタコを倒した。

そして、俺はさっき調べた効果を説明すると、東さん、まるで捨てられた子犬のように震えていた。

核の発射スイッチを突然渡されたくらいのインパクトだろう。

「普段は魔導士の杖って偽装しておけばいいんじゃない?　盗まれても魔力を消費したら手元に戻ってくるし」

「そういう問題じゃありませんよ」

「一流の探索者になりたいなら絶対東さんの力になってくれる杖だよ」

「でも……壱野さんに悪いですよ。ただでさえ返しきれない恩がいっぱいあるのに」

「東さんは探索者の仕事まだ続けるんでしょ？　だったら、たまに一緒にダンジョン探索して助けてもらうよ。俺、結局物理メインだからさ、この前もゴーストの大群から逃げたところだし」

「一緒に……いいんですか？」

「もちろん。こっちからお願いするよ」

彼女の杖はもはやチート級。

近い将来、彼女が名を馳《は》せるダンジョン探索者になる日も訪れるはずだ。

だったら、いまのうちに唾をつけておくのもいいだろう。

十階層より下はソロでは厳しいって聞いたし。

「私、頑張ります！　壱野さんに相応《ふさわ》しい探索者になってみせます！」

「その意気やよし！　じゃあお昼にしようか」

落ちているアイテムを回収し、床に座って食事とする。

東さんが鞄からお弁当箱を出した。

「これ、壱野さんの分です」

「大きいね」

東さんの倍くらい量がある。

「男の人はいっぱい食べるので。多すぎました？」

「ううん、お腹空いてたからちょうどいいよ」

お弁当箱の蓋を開ける。

お弁当は二段になっていて、上はおにぎりだった。

梅干し、鮭、のりたまの三種類。

下の段はおかず。

「うわぁ」

からあげ、卵焼き、ハンバーグ、ほうれん草のお浸し、レタス、ミニトマト、タコさんウインナー。ＴＨＥお弁当って感じのメニューだが、からあげもハンバーグも冷凍食品って感じがしない。まさか、全部お弁当用にわざわざ作ったのか？

うわぁ、なんて尊いお弁当だ。

俺は感謝しながら、からあげから口に入れてしっかり咀嚼《そしゃく》する。

「どうですか？」

「最高にうまい」

本心からそう言った。

外がサクッと、中がジューシー。

鶏肉《とりにく》の旨味を最大限に引き出している。

これはきっと二度揚げしているな。

そのひと手間が味を変えるのだ。

二個目は横に添えてあったレモンを搾って食べた。

「壱野さんはからあげにはレモンをかけるのが好みなんですか？」

「あったらかけるかな？　なくても別にいいけど」

「わかりました。今度から絶対レモンを入れるようにします」

話聞いてた？

なくても別にいいって言ったよね？

しかし、美味しいな。

高級レストランもたしかに美味しいけれど、高校生の食事はこれでいいんだよ。

と俺はケチャップのついているハンバーグを食べる。

うん、これも美味しい。

「壱野さん、口の端にご飯粒がついてますよ」

「え？」

指で拭いてみるが、ご飯粒の感触はない。

「じっとしてください。いま取りますから」

と東さんが手を伸ばす。

なんかドキドキしてきた。

ただご飯粒を取ってもらうだけなのに。
俺が緊張しているからか、東さんも緊張しているように見えた。
そのときだった。
「誰か来るっ!?」
気配探知に何かが引っかかり、立ち上がった。
と同時に、ご飯粒が落ちたことに気付いた。
「魔物ですか？」
「いや、人の気配だと思う。魔物を引きつれている様子はない」
俺はそう言う。
せっかくのお弁当の時間を邪魔しやがって。
まだ半分も食べていないのに――お腹いっぱいになりかけているけど。
気配のした方向に人影が見えた。
ただし、かなり小さい。
小学生くらい――って小学生はダンジョンに入れないよな？
だったら十八歳以上なのか？
こっちに向かって走って来る。
そして、俺はその姿に驚いた。

それは金髪ツインテールの女の子――しかも忍者の姿をしていた。

最初は覚醒者かと思ったが、顔立ちも日本人と少し違う気がする。

もしかして、海外の人だろうか？

「はじめまして！　あなたが壱野泰良ね？」

彼女は流暢《りゅうちょう》な日本語でそう尋ねた。

「はい。そうですが――」

「会いたかったわっ！」

彼女はそう言うと、俺に抱き着いてきた。

一瞬、自分に何が起きたのかわからない。

鯖折《さばお》りされている……わけじゃないよな？

「あなた！　いきなり壱野さんに何をしているんですかっ⁉」

「ただの挨拶よ？」

「日本では挨拶で抱き着いたりしません！」

東さんが俺の代わりに怒って彼女を俺から引き剥がしてくれた。

一瞬の出来事で、女の子の感触とかほとんどわからなかった。

まぁ、原因は彼女の胸が――いや、そういうのは思わないようにしよう。

「えっと、初対面だよね？　なんで俺のこと知ってるの？」

「自己紹介がまだだったわね。私は押野姫《おしのひめ》よ。年齢はあなたと同じ十八歳」

「あなた、日本人なんですか？」

東さんが驚いたように言う。

うん、てっきり向こうの人だと思った。

「ハーフよ。父はアメリカ人。私も去年まではニューヨークに住んでいたの」

ふぅん、なるほどね。

……ん？　待て!?

「押野？」

その名前には聞き覚えしかない。

ただの偶然だろうか？

「あなたの想像通りよ。私の母は押野リゾートの社長押野亜里沙《ありさ》。ダディであるキング・キャンベルの愛人の一人ね」

押野グループの会長が押野亜里沙って女性なのは知っているが、キング・キャンベルの愛人？

「キング・キャンベルって世界ランキング一位で、ＧＤＣグループＣＥＯのキング・キャンベルさん？」

「他のキング・キャンベルを私は知らないわ。あ、先に言っておくけどダディの子どもってそんなに凄いステータスじゃないの。ダディには百人の愛人がいて、それ以上に子どもがいるから。

私はそのうちの一人ってだけよ」

さすが世界一の金持ちで世界一の探索者はスケールが桁違いだな。

アメリカが一夫多妻制を認めていたら全員と結婚していたかもしれない。

でも、百人以上いる子どものうちの一人って、それって子どもの名前とか全部覚えてるのか？

「それって寂しくないですか？」

東さんが尋ねた。

「強い雄が多くの雌を囲うのは普通の話よ。強い男に惹《ひ》かれるのもね。少なくとも母は自分の立場を不幸だなんて思っていないわ」

彼女はハッキリと言った。

こういうのは外野がとやかく言うものではないのかもしれない。

「それで、その押野さんが俺になんの用でしょう？」

「私の仲間になってほしいの！　契約金として一千万用意するわ！　もちろんドルで！」

あまりにも突然の話だった。

一千万ドルって……また桁違いな。

牛蔵さんから空白の小切手を見せられた直後でなければここでも頭がパンクしていただろう。

「どうして壱野さんに声をかけるんですか？」

「そうそう、俺なんて普通の高校生だよ？」

「普通の高校生がうちの特別会員カードを持っているわけないでしょ？」

押野印のブラックカードか。

そうか、ここから俺の情報を得たわけか。

情報管理どうなってるんだって文句を言いたいが、ホテルの社長の娘だったら仕方ないか。

昨日、電話で問い合わせたわけだし、ダンジョンの受付も押野グループの社員だ。

そりゃ、社長の娘である彼女には情報を知る機会もあるだろう。

「いや、これは知り合いから貰ったもので——」

「知っているわ。でも、その知り合いさんは、あなたにカードを持つ資格があると思ったから渡したんでしょ？　少なくとも彼は、なんの意味もなくそのカードを渡したりはしないわ」

押野さんは目を細めてそう言った。

まるで全てを見透かすようなその瞳を前に、俺は一瞬言葉に詰まる。

「強い人とパーティを組みたいの。あなたとなら私の夢が叶《かな》う」

「俺はまだレベル27です。確かにこの年にしては強いほうですけど、あなたのコネがあれば、もっと強い探索者とパーティを組むこともできるでしょ？」

「レベルなんてただの飾りよ。最初のうちはありがたがってるけど、そのうち意味がなくなる」

「どういう意味ですか？」

「レベルを上げるには経験値が必要。でもその必要な経験値は加速度的に増えていく。それに追いつくには、より強い敵と戦う必要があるのだけれど、そのうち頭打ちになる。本来レベルを上げるのに必要な魔物を倒すには、ステータスが足りなくなっていくのよ。特に安全マージンがなくなる二十階層以上になると顕著に差が出るわ。効率よく強くなり続ける。レベルを上げ続ける。深く潜り続ける。ランキングを上げ続ける。それらには才能がいるの。才能がない人は必ずどこかで挫折する。そして、あなたには才能がある。少なくともその年齢でイビルオーガを倒す実力があるわけだし」

「「…………っ!?」」

何故《なぜ》バレたっ!?

俺が倒したってことはダンジョン管理局の人間にしか伝えていないはずだ。

情報が漏洩《ろうえい》したのか？

「図星ね。半分鎌をかけただけだったんだけど、そこまでわかりやすい反応を貰えるとは思ってなかったわ」

「何故？」

「あなたが持っている成長の指輪を鑑定したお店、うちの系列店よ？　当然、顧客データは入ってくる。あの日、あなたは万博公園ダンジョンにいた。そして、インターネットの目撃情報からイビルオーガを倒したのは高校生カップルで、一人は緑髪の女の子だったって書いてある」

と押野さんは東さんを見る。

なるほど、鎌をかけるには十分すぎる状況証拠が揃っていたってわけか。

俺の中で絶対に他人に知られてはいけないと思っているのは、「ＰＤ生成」と「詳細鑑定」の二つだけだったので、他の部分が疎《おろそ》かになっていた。わきが甘いと反省する。

「すみません、私の髪が目立ってしまったせいで」

「いや、気にすることはないよ。とはいえ、あれは一発芸みたいなもので、押野さんが思ってるほど強いわけじゃない。少なくともあのとき二体目のイビルオーガが出てきていたら俺たちは死んでた」

「でも、あなたたちは生きている」

彼女の言い分は理解した。

だが、気になることがある。

「押野さんがそこまでして叶えたい夢ってなんですか？　別にダンジョンに潜らなくても、いまのあなたの立場ならだいたいの夢は叶えられるでしょ？」

何しろ、押野リゾートを含む押野グループっていえばＧＤＣグループの傘下とはいえ、国内でも最大手の企業だ。

そこの社長の娘なんだから、本当にだいたいの夢は叶う。

ダンジョンで叶えたい夢ってなんだ？

「私はダディに認められたい。そのためにダディより上のランクに行きたいの」

「相手は世界ランキング一位ですよね!?」

「私は目標が大きいほうが燃えるのよ」

なんて大きなことを言うんだ。

牛蔵さんより上のランクに行くことをひとまずの目標にしていた俺がちっぽけに思えてくる。

それに、父親に認められたい……か。

「俺は今すぐ本格的にダンジョン探索するつもりはありません」

「奇遇ね。私も大学生だし卒業までは本格的に動けないわ」

…………ん？

「押野さんって大学生？」

「ええ。私は三月三日生まれだからあなたたちより一学年上なの。この春から京大に通ってるわ」

見た目小学生なのに大学生かよっ！

しかもエリートっ!?

いや、現在十八歳だったら、だいたいの人は一学年上なのか。

四月生まれの俺や東さん、五月生まれのミルクのほうが少数派なんだよな。

この様子だと、俺だけじゃなくて東さんの情報も手に入れているみたいだ。

「壱野さん、彼女とパーティを組むんですか？」

「うん、まぁ仮だけどね」

「だったら私も一緒に組みます！」

うん、それはさっき決めてたから俺は構わないんだけど。

「でも、その前に確認させてください」

東さんが大魔術士の杖を押野さんに向けて宣言する。

彼女の対抗意識はなんなのだろう？

食事の邪魔をされたから怒ってるのか？

「あなたが壱野さんとパーティを組むに相応しい実力があるかどうかを！　お金持ちの女の子ってだけじゃ、彼に相応しくありません！」

「上等よ。私の実力見せてあげるわ！」

なんかもう対立行動が始まった？

とりあえず、移動前にお弁当を片付けるから少し待ってくれ。


三人になった俺たちはそのまま五階層に移動する。

五階層は他のダンジョンと違って少々特殊な魔物が現れる。

ゴブリンとリザードマン、そしてキューブという宙に浮かぶ立方体の魔物だ。

このキューブは攻撃してこない。ただ逃げるだけ。

しかし、その逃げ足（足はないけど）がとても速いのだ。

倒す方法としてはキューブが逃げ出すより先に遠距離攻撃で倒すか、キューブを袋小路に追い詰めて倒すか、それより速く移動するかの三種類のみ。

経験値はゴブリンの二倍くらいある。

と思っていたら、そのキューブがさっそく現れた。

「見せてあげるわ。私の実力を——」

彼女はそう言うと、地を蹴った。

って、速いっ!?

逃げ出すキューブに追いついて、クナイで仕留めた。

「どう？　私はレベル23で俊敏値は250以上あるわ。私の脚から逃げられる敵はいない。あなたにこれができるかしら？」

「やってみせます！　壱野さん！　キューブの気配はありますか？」

「キューブかはわからないけれど、あっちに魔物の気配がある」

「行きましょう」

東さんが言う。

俺の幸運値のお陰か、またキューブが現れた。

「あなたは見たところ風系統の魔術士よね？　キューブは魔法耐性があるから生半可な魔法じゃ

た。

「生半可じゃなかったらいいんですよね。でしたら見せてあげます！　風弾《ウインドショット》！」

大魔術士の杖の効果か、圧縮された風がまるで弾丸のように噴射され、一撃でキューブを砕いた。

そして、Dメダルと一緒に鉄の小箱が落ちている。

「やるわね。いきなりトレジャーボックスを手に入れるなんて」

「トレジャーボックスってなんですか？」

アヤメが尋ねた。

「宝箱みたいなものだよ。中に入っているのは薬や魔石がほとんどだね。D缶と違って簡単に開くし、ハズレもないけれど、大当たりもない」

予《あらかじ》め調べていた情報をアヤメに伝える。

「壱野の言う通りよ。だいたいキューブ十匹につき一個の確率で落とすわ。そうね、せっかくだしこれから一時間でどれだけトレジャーボックスを集められるか勝負しましょう？　これはダンジョン産の懐中時計。ちょうど三つあるわ。いまから一時間後、さっきの階段の前に集合し、トレジャーボックスを一番集めた人が勝者。公平にするため、この階層の地図を持っていきなさい。ハンデとして、さっきのトレジャーボックスはあなたの一個に計算していいわ」

「ハンデなんて必要ありません。望むところです！」

通用しないわよ」

いつの間にか勝負の流れになってないか？

「あの、二人とも？」

「「スタートっ！」」

と二人同時に勝負の開始を宣言し、それぞれ別方向に走っていく。

これって、俺も参加する流れなのか？

俺、遠距離攻撃の手段もないし、俊敏もそこまで高くないんだけど。

そして一時間後。
三人は階段の前に再集合した。
集めたトレジャーボックスの数だが、
東さん――三個。
押野さん――三個。
俺――二十七個。
俺の圧勝だった。
「おかしい、なんでこうなったの？　ねぇ、東。壱野ってなんなの？」

「わかりません。この結果は壱野さんですから――としか言えないですね」

いいや、たぶん倒している数は二人と同じくらいのはずだよ？

東さんは遠距離攻撃で、押野さんはその俊敏で倒したが、俺は袋小路に追い詰められる敵のみを狙ってキューブを倒していった。

気配探知のお陰で敵を見つけるのは楽で、そのお陰で二人と同じくらい倒すことができた。

この数の差は、単純に幸運値の差だ。

何しろ、十四に一個どころか、毎回落とすんだもんな。

こうして、押野さんは東さんを、東さんは押野さんを仲間として認め、仮のパーティ結成となったのだった。

キューブ狩り対決が俺の圧勝で終わったあと、三人で狩りをする。

俺の基礎剣術の戦い方も見てもらった。

褒められはしたけれど、彼女が本当に興味を持っているのはイビルオーガを倒した俺の隠し玉の一つ――地獄の業火《ヘルファイア》だったのだろう。

ダンジョンから外に出る。

俺の服はそのままだが、東さんはウニクロファッションに、そして押野さんは大学生らしいカジュアルな服装になっていた。

忍者の服だったらどうしようかと思ったけれど、ちゃんと着替えてくれてよかった。

てんしばの屋台イベントは既に撤去が始まっている。

気付けば朝から潜って八時間経過し、外はもう夕方になっていたのだ。

ダンジョンの中は時間の感覚がおかしくなる。

配信クリスタルの使い方が発見されるまでは外部とのリアルタイムの連絡手段もなく、時計も持ち込めなかったためダンジョンの中と外では時間の流れが異なると大真面目に語る学者までいたほどだ。

リアルタイムのダンジョン配信が行われるようになってからはそれが間違いだとわかっている。

この後、東さんと押野さんと三人で今後の方針について話し合いをする。

家に帰るのが遅くなりそうなので、俺と東さんはそれぞれ自宅に遅くなる旨を電話で伝える。

そして、三人で近くのホテルに移動。

押野リゾート天王寺——押野グループの高級ホテルの一室に案内される。

途中、話題は懐中時計のことになった。

「本当にこの懐中時計、貰ってよかったのか？　結構高いだろ」

「問題ないわ。うちにいくつもあるものだから」

「じゃあ遠慮なく貰っておくよ」

時計はスマホで確認しているので腕時計すら持っていなかった俺だが、こういう懐中時計には少し憧れがあった。

ダンジョン産なのでインベントリに入れて保存できるのは便利だ。

しかもこれ、魔道具なので時間を自動的に調整する機能までついている。

インベントリの中は時間が停まっているが、外に出したとたん自動的に現在の時刻に調整してくれるらしい。

そしてエレベーターは最上階の一つ下の階に停まった。

レストランではなく普通の客室のように見えるが、押野さんはその客室の一つを開ける。

ここもスイートルームなのか、ベッドだけでなくテーブルや椅子もある。

それと荷物も置いてある。

「いまはここに住んでるの。一応片付けてるつもりだけど寝室は覗《のぞ》かないでね」

と言って、彼女は俺たちをゲストルームに案内する。

本当にあるんだ、ゲストルーム。

「レストランで食事するんじゃないの？」

「他の人に聞かれたくないでしょ？　ルームサービスで好きなのを頼んでいいわよ。メニューは一応そこにあるけど、うちのシェフに頼めばだいたいたいのものは作れるから」

「じゃあ、ラーメンで」

「なんでラーメン？　好きなの？」

「いや、こういう高級ホテルのラーメンってどんな味なのか気になって」

あと、ホテルの高級料理って美味しいのは美味しいのだが、自分の記憶の料理と比較が難しい。

食べ慣れているラーメンだったら、味の比較も可能だと思ったのだ。

「いいですね！　では私もそれで――」

「オーケー。ご飯と餃子《ギョーザ》はどうする？」

「餃子だけで。お昼のおにぎりがまだ残ってるから」

「私は……（餃子をニンニク抜きで頼めますか？）」

東さんが小声で言うと、押野さんはニッコリ頷いて、電話でフロントに「ラーメン三つと餃子三人前、どっちもニンニク抜きでお願い。それとご飯を一つ頼むわ」と注文する。

「しかし、東もなかなかの実力者ね。あそこまでの魔法使いはそうはいないわ。これは最高の掘り出し物よ」

「いいえ、全部壱野さんのお陰です」

「そう、それよ。壱野、あなたの強さの秘密、少し理解できたわ。あなた、とても幸運値が高いでしょ？」

「どういうことですか？」

「キューブのトレジャーボックスを手に入れた数よ。あの数は異常だわ。きっと、キューブがトレジャーボックスを落とす最低幸運値を満たしているのよ。キューブの最低幸運値は30と低いほうだけど、それでもレベル27で幸運値30っていうのはとても稀よ」

キューブの最低幸運値が30っていうのは知っていた。

30以上あれば、キューブがトレジャーボックスを落とす確率は一〇〇パーセントになる。


「まぁね。具体的な数字は正式にパーティを組んだら教えるよ」

「十分よ。それで、仮のパーティってことで、期間は一年間。お互い学生なわけだし、付き合いもあるでしょうから時給制にしましょう。時給百ドルでいいかしら？　もちろん、ドロップアイテムやDメダルを換金した報酬は公平に分配するつもりよ」

「時給百ドルっ!?　えっと、日本円だと……そんなに貰っていいんですか!?」

「当然よ。レベルが上がれば正式な契約時にはさらに金額の上乗せも検討するわ」

さっきの一千万ドルに比べればランクが落ちるが、それでもかなりの額だ。

今日のように八時間いればそれだけで八百ドルだからな。

でも――

「報酬の分配については異存はないが、契約金を受け取るつもりはないよ。押野さんに雇われるわけじゃないからね」

「だったら私も——その……」

「代わりに押野さんにはいろいろと売り捌《さば》いてほしいものがあるんだ。もちろん、報酬は三人で山分けってことでいいから。個人で売るにはちょっと目立つものでね」

「へぇ、いったい何かしら？」

「これだ」

「薬？　なんの薬かしら？」

「経験値薬。とりあえず十本ある」

経験キノコから作った経験値薬をインベントリから取り出す。

ダンジョン産でなくても簡易調合で作ったものはインベントリに保存できる。

「一本飲めばスライム千匹分の経験値になる」

「便利なものもあるんですね」

東さんが経験値薬の入った瓶を手に取り呟く。

「日本だと五百万円くらいで売ってるらしいよ」

「五百万っ!?　え？　十本で五千万円ってことですか!?」

「買値はね。売値はもっと安いかもだけど。これを売るには鑑定所で鑑定してもらう必要があるけれど、これだけの量を鑑定所に持ち込んだらさすがに悪目立ちするし、金持ちに売る伝手もない。押野さんならそういうの可能でしょ？」

「面倒な仕事を押し付けるわね。それで――いったいどれだけの量を用意できるのかしら？」

東さんが不思議そうな顔をした。

何故なら、俺は「十本ある」と宣言したばかりだからだ。

だが、押野さんは俺が言おうとしていることを理解していたのだろう。

「毎週同じ量を用意する。あと、スライム酒の赤いやつも。これが本当に扱いに困ってる。家に五十本はあるんだが」

「……っ!?　想像以上ね。あなたの幸運値を聞くのが怖くなってきたわ」

東さんはわかっていないないって顔をする。

「東、聞いて。赤いスライム酒は一本二百万円が相場よ？　それが五十本あるの。壱野がダンジョンに潜れるようになってまだ一か月にも満たないその間に、赤いスライム酒と経験値薬だけで彼は一億五千万円を稼いでいるのよ。一年だと十八億円よ」

「――っ!?」

「壱野はそれだけ幸運値が高いってわけ。それこそ公になったら誰に身柄を狙われるかもわからない。一応、私たちを信用してくれたってことでいいかしら？」

「キングさんを越えたいって熱意は信用しているさ。それに、一緒にパーティを組んだら絶対にバレることだからな」

「光栄ね」

そして、押野さんは東さんのほうを見てさらに続ける。

「ダンジョンのアイテムっていうのはね？　深く潜れば潜るほど高値で売れるものが手に入るの。そのとき、彼がいたらいったいどれだけの収入がもたらされるか？　それこそさっき私が言った時給百ドルなんて誤差の範囲でしかなくなるわよ。そして、その報酬の三分の一は東のものになる」

「――っ!?　そんな、壱野さんのお世話になりっぱなしってわけには――」

「強くなればいいのよ。そして、隣で壱野を支えるの。あなたには才能がある。もちろん、私もね」

少し東さんと押野さんが仲良くなってきたな。

同じパーティを組むわけだし、そのほうがいいだろう。

といったところで、ルームサービスのラーメンが到着し……なんだとっ!?

俺はラーメンをじっくりと観察する。

高級な漆塗りの器に入ったとんこつラーメンは量は決して多くなく、シンプルでいてそれで美しい。

しかし、それだけなら俺は驚かなかっただろう。

驚いたのは一緒に運ばれてきた箱だ。

その箱の中には十種類以上のトッピングが、さながらお節《せち》のように小分けに入っている。

さながら、自分で好きな味のラーメンを作ってみせろと挑戦状を叩《たた》きつけられたような気分だ。

そうか、俺はホテルのラーメンの前では挑戦者《チャレンジャー》だったってわけか。

そのトッピングボックスの上には、野菜メインの点心があって、見ただけで身体にいいとわかるその料理のお陰で、たとえ夜中に注文したとしてもその罪悪感を打ち消してくれる。

食べる前から俺は完敗した。


「壱野さん、これ。いまルームサービスのメニューを見たんですけど、この値段」

「値段？　まぁ、ホテルのラーメンだし、高いとは思うけど……一杯八千円!?」

なんだとっ!?

俺は驚愕した。

八千円あったら何杯ラーメンを食べられるか。

「一億五千万円も稼いでるのにそこを気にするの？」

十八億円プレイヤーだと言われても、心が庶民なのは変わらないんだよ。

俺は契約書を凝視する。

生まれて初めて一言一句、裏の意味まで考えて契約書を読んだ気がする。

誕生日の日に兄貴から『お前も十八歳になったんだから、法的責任を持つ立場になった。契約書にサインをするときはよく読んでからにしろ』って言われたっけ。

えっと、甲が俺で、乙が押野さんになるのか？

いや、他のパーティメンバーだから、押野さんと東さんの両方だな。

「押野さん、契約書って本当に必要なのか？　これ読む限り罰則規定とかも何もないけど」

契約書は非常にわかりやすく、結構シンプルな感じだ。

俺を嵌《は》めようとしている感じはない。

「他のパーティに奪われないためよ。もしも他のパーティに違法な契約を結ばれそうになったときに必要なの。あなたたちを守るためよ」

「そういうことね」

もう一度読んでからサインをする。

判子とか拇印《ぼいん》とかは必要ないらしい。

判子は日本だけの文化って聞いたことがあるから、きっとそのためだろう。

こうして、俺たち三人は無事にパーティ結成となったわけだが、最後にやることが残っている。

「開封の時間ね！　キューブ狩りはこれが一番の楽しみなの」

「私も楽しみにしていました」

トレジャーボックスはそのままだと手の平サイズの小さな箱だが、開けると嵩張《かさば》る。

中身が瓶だったら割れないように運ぶのが面倒でもある。

インベントリに入れても構わないんだけど、全部終わってから開けようって話になっていた。

今日、キューブ狩りで手に入れたトレジャーボックスは競争の分を含めても合計で四十二個。

そのうち三十個以上は俺が手に入れたわけだが、分配は公平ってことで一人十四個に分けることにした。

「壱野、本当にいいの？　報酬の分配はさっきの契約以降の話だから、あなたが三十三個開けていいのよ？」

「構わないよ。また狩れば三十個くらいすぐに集まるし」

「それもそうね。あなたったら倒すたびにトレジャーボックスを手に入れるんだもの」

東さんが今すぐ開けたそうにうずうずしている。

どうやら俺が開けるのを待っているようだ。

てことで、まずは俺が開けてみる。

「配信クリスタルか」

「いきなり当たりね」

たしか、相場は十万だったっけ？

当たりの部類なのだろう。

東さんが開けると、中には薬瓶っぽいものが。

「これはなんでしょう?」

「薬は鑑定してみないとわからないわね。ただのジュースの可能性もあるし」

「解毒ポーションらしいぞ」

俺が言った。

詳細鑑定については伏せているが、鑑定が使えることは既に東さんに話しているので問題ない。

「壱野、あなた鑑定も使えるの? 本当に多芸ね」

「まぁな。とはいえ非正規の鑑定士だから、鑑定書は書けないぞ」

「十分よ。手に入れたものの正体がその場でわかるのはありがたいわ」

「相場は……三千円ですか」

東さんはスマホで相場価格を見て、露骨にガッカリした。

解毒ポーションは結構出るらしい。

食中毒なんかにも効果はあるらしいけれど、風邪などには効果がない。

ダンジョンができ始めた頃はかなりの値段がしたんだが、各製薬会社がこの解毒ポーションを元に同じ効果のある薬の開発に成功したため、結構値段も下がってきている。

「って、三千円でも凄いんですよね。金銭感覚がおかしくなります」

「高校生に三千円は結構大きいよね」

「本当ですよ。あ、今度は魔石が出ました。白なので五千円ですね！」

「こっちも白い魔石ね。トレジャーボックスから出る魔石はだいたい黒なんだけど……これも壱野の幸運のお陰かしら？」

「何が出てきても俺の幸運のお陰って言われそうだな。あ、こっちはポーションだ」

という感じで開封作業は一喜一憂のやや憂少なめで進んだ。

ここでまさか英雄の霊薬が出る——なんてことはさすがになく、開封作業は終了。

一番高額なのは配信クリスタルでこれが四個出た。

あとはポーション系と魔石系。

全部換金したら合計で八十万円ほどらしい。

一人二十七万円弱か。

それらは押野さんが振り込んでくれるらしい。

「押野さんに手間賃とか払わなくていいのか？」

「問題ないわ。相場価格っていうのはそれで買い取っても利益が出る価格だもの。うちの会社の利益にもなるし、それを考えれば少し上乗せしたいくらいよ。それより、いい加減に姫って呼んでくれない？」

「いや、なんか恥ずかしいんだが」

「こっちに来てから男の子はみんなそう言うのよね。日本人って奥手なのかしら？　でも、名字だと目立つでしょ？　壱野が押野グループの庇護《ひご》下であることを喧伝《けんでん》したいのなら構わないけど」

「……わかったよ、その代わり姫って呼び捨てにするぞ……いや、姫ちゃんのほうがいいか」

「子ども扱いしてるでしょ。私のほうがお姉さんなのよ？」

「悪かった。じゃあ、姫って呼ぶからな。俺も泰良で構わない」

「オッケーよ、泰良」

と呼び名が決定したところで東さんが急に立ち上がり、顔を真っ赤にして叫ぶように言った。

「わ、私もアヤメって呼んでください！」

「え？　東さんもっ!?」

女の子を呼び捨てにするなんてミルクくらいだったのにな。

正直、恥ずかしいからこのままがいいんだけど、ここで拒否すると姫を特別視しているみたいだ。

さらに、今後、姫とは別に、ミルクと一緒にパーティを組んでダンジョンに行くことになったら彼女だけ仲間外れになってしまう。

「わかった。アヤメさん……でいいかな？」

「アヤメって呼び捨てで……あ、でもアヤメちゃんも捨てがたいかも……」

「アヤメ、混乱してるわね」

いつのまにか姫も東さん――アヤメを呼び捨てにすることに決めたらしい。

「あなたたち、帰りはタクシーで帰る？　なんならヘリを呼びましょうか？」

「呼ばれても停めるところがねぇよ。電車で――いや、タクシーを頼む。アヤメを家に送ってから駅に行くから一台でいいぞ」

今度は自転車を忘れないようにしないとな。


帰る途中に、お金が振り込まれてた。

契約書の用意といい、姫は仕事が早いらしい。

「一日で二十六万六千円……お母さんに話しても信じてくれなさそうです。それどころか詐欺にあったんじゃないかって心配されそうですよ」

「差し詰め俺は詐欺の親玉だな」

「そんな、壱野さんのことを詐欺師だなんて思ってませんよ！　（王子様だって思ってます）」

なんかごにょごにょと言っているが、俺のことを信用してくれていると思っていいだろう。

にしても、結局、アヤメは俺のこと名前で呼べなかったな。

必死に練習していたんだけど、「タ、タイ、タイ……」で止まってそれ以上言えなくなった。

男の子を名前で呼ぶのは彼女にはハードルが高かったようだ。

そしてタクシーはアヤメの家に到着。

普通のマンションだ。

「ありがとうございました、おやすみなさい。タ、タイ…………壱野さん」

「うん、俺のほうこそありがとう。おやすみ、アヤメ」

「待ってください――」

とアヤメがスマホを操作し、

「もう一度お願いします」

「おやすみ、アヤメ……えっと、これでいい？」

よく聞こえなかったのだろうか。

「はい！（あとはこっちで編集しますから）」

まぁ、アヤメが満足そうにしているからそれでいいか。

アヤメを家まで送り届けた俺はそのままタクシーで駅まで行ってもらう。

一万円を超えるタクシー代に、やはり内心でビビりながらもＤａｎ-Ｐａｙ《ダンペイ》払いで精算。

ここまで来たら駐輪場の百五十円なんて目じゃないぜ――と思っていたら電話がかかってきた。

ミルクからだ。

通話ボタンを押す。

「よう」

『………』

「ミルク、どうした？」

ミルクの反応がない。

だが、声が聞こえないわけではない。

彼女の息の音が聞こえた。

確かにミルクはそこにいる。

間違い電話の類《たぐい》でもなさそうだ。

タダ事ではないと思いながら、もう一度尋ねる。

「ミルク、大丈夫か!?　いったい何が——どこにいるんだ!?」

『お願い……お願い、助けて、泰良』

電話の向こうで彼女は泣きながら俺にそう言ったのだった。

『このままだとパパが死んじゃう』

牛蔵さんがっ!?

いったい、何があったんだ？

# 第五章

## 溢《あふ》れ出た魔物の死の行軍

静岡県葵《あおい》区にある総合病院。

もう診療時間は終わっているのだろう。

他の患者の姿もなく、通路は明かりがともっているがそれでも不気味だ。

俺は看護師さんと一緒に、ミルクの待っている家族用の待合室に速足で向かった。

言われていった場所にはミルクのお母さんの姿はなく、彼女が一人俯《うつむ》いていた。

泣いているのだろう。

俺は駆け足で彼女に駆け寄る。

「ミルク！」

「泰良《たいら》っ！」

ミルクは俺に気付くと、泣きながら抱き着いてきた。

事情は電話で聞いた。

富士山のダンジョンから魔物の群れが出てしまった。

富士山のダンジョンの周囲には自衛隊がいて、すぐに対処に当たろうとしたのだが、銃などの近代兵器はまったく効果がなかった。

そのときちょうど外にいた探索者は牛蔵《ぎゅうぞう》さんだけで、自衛隊の部隊は壊滅状態になった。

ちょうど富士山の山頂でダンジョン再突入の準備をしていた牛蔵さんは、自衛隊の皆を逃がそうと魔物の群れの中に単身で突撃した。

黒いダンジョンの外でも、その周辺でのみダンジョンの中と同じように動けるため、牛蔵さんは魔物相手に善戦した。

だが、一つ問題が起きた。

どこまでの範囲でダンジョンの中と同じように戦えるか、まだ検証が終わっていなかったのだ。

そして、牛蔵さんはダンジョンの効果のある領域の外に出てしまったらしい。

その瞬間、魔物にやられてしまった。

自衛隊員の人がなんとか牛蔵さんをこの病院まで運んできたそうだが、意識不明の重体で、かなり危険な状態らしい。

そのことをミルクとミルクのお母さんが知ったのは、二人が静岡に着いたあとだった。

そのとき、政府は魔物がダンジョンから出たことを公にする前に対処したかったらしい。

もっとも、魔物がダンジョンから溢れてから半日以上経過し、政府も隠し切れなくなったようで、その情報は公開されていて、テレビもＳＮＳもその話題で持ち切りだ。

「落ち着け、ミルク」

「……落ち着けって……………泰良、どうやってここまで来たの!?　さっき電話したばっかりだよね」

「知り合いに送ってもらったんだ。それより、牛蔵さんは？　まだ生きてるよな？」

「う、うん。でもかなり危ない状態だって。さっきお医者さんが来て今夜が峠だって。お母さん、気を失っちゃって、私、一人じゃどうしたらいいかわからなくて――」

「まだ生きているのなら間に合う。これを持ってきた」

俺はそう言ってインベントリから一本の薬瓶を取り出す。

「牛蔵さんから貰《もら》ったD《ディー》缶の中に入ってたんだ。これは英雄の霊薬っていうどんな怪《け》我《が》でも治すことができる薬だ。牛蔵さんに使ってやれ」

「え？　それって――」

「いいから早く！」

「……うん！　わかった！　行ってくる！」

ミルクが走っていく。

大丈夫、生きているのなら助かる。

あの薬はそういうものだ。

これで回復してくれ、牛蔵さん。

あんたにはまだまだ俺の目標でいてもらわないといけないんだ。

「今日はあなたに驚かされっぱなしよ。まさか、英雄の霊薬を持っているなんてね。しかも、値段の付けられない秘薬なのにぽんと渡しちゃうなんて」

ゆっくりと歩いてきてそう言ったのは姫《ひめ》だ。

彼女に無理言って、ヘリでここまで運んでもらった。

降りたばかりのタクシーの運転手を捕まえて、八尾《やお》空港まで移動して、そこで姫の乗ってきたヘリと合流し、さらに一時間。

どう説明したのか、病院屋上のヘリポートの使用許可まで取って着陸したのでミルクと電話をしてまだ一時間半くらいしか経過していない。

そりゃミルクも驚くよな。

「勿体《もったい》ないなんて言うなよ?」

「牧野《まきの》牛蔵は日本ランキング十位の探索者で、元プロボクサーだけあってメディアの出演も多いから人気も高いもの。彼に恩を売っておくのは悪いことじゃないわ」

「………………そうだな」

「助かるといいわね」

「ああ」

俺が頷《うなず》くと、姫は待合室のテレビのスイッチを入れた。

途端に、激しい光が映し出され、戦闘の音が流れる。

とても日本の光景とは思えない。

魔物の群れが富士山をゆっくりと降りてきて、自衛隊が応戦している。

ヘリの中でも情報は見ていたが、戦況は芳しくない。

『魔物の進行が止まる様子はありません。自衛隊の攻撃はまったく効果がありません』

『以上の地域に政府から緊急安全確保が発令されています。御覧の地域の方は指示に従って避難してください。従来の避難場所と異なります。従来の避難場所と異なります。避難場所は――』

『政府は在日米軍の派遣の要請を検討し――』

チャンネルを変えても、魔物のニュースばかりだった。

避難箇所が通常と違うのは、地震や台風と違って、学校の体育館に避難しても魔物相手だと効果は薄いからだろう。

自衛隊はなんとか近くの別のダンジョンに誘導しようとしている。

ダンジョンの中ならば、高レベルの探索者がいれば対処できる。

しかし、その誘導もうまいことといっていない。

このままだと人里に出てしまう。

避難は始まっているが、避難先が近くの避難所ではなく、かなり離れた場所になっているから避難もままならないはずだ。

逃げ遅れる人の数は多く、予想される被害者数は想像すらできない。

「姫――もう一つ頼みがあるんだが」

「聞くだけ聞いてあげる」

「あの魔物の前に俺を送ることってできるか？　ど真ん中じゃなくて、少し離れた場所に下ろしてくれるだけでいい」

俺がそう言うと、姫は目を吊《つ》り上げる。

「自殺志願者を仲間にした覚えはないわ」

「俺なら勝てる」

「ダンジョンの外だと剣術スキルも使えないし、魔法も使えないのよ。どうやって勝てるの」

「俺なら魔法を使える。イビルオーガを倒した魔法だ」

「泰良、自分が何言ってるかわかってるの？　ダンジョンの外で魔法を使うなんて、ダディにだってできな…………本当なのね？」

俺は無言で頷いた。

どうやら姫は俺のことを信じてくれるようだ。

でも、彼女はまだ納得しない。

「相手はレベル50相当の魔物の群れよ？　泰良、イビルオーガだと一体が精一杯って言ってたわよね？」

「あれはダンジョンの中での場合だ。ダンジョンの外だったら一分に一体は倒せる」

「外のほうが強いってどういう理屈よ……」

姫が頭を抱えて言う。

「一つ聞かせて。なんのために戦うの？」

「姫がキングさんを越えたいように、俺も越えたい人がいるんだ。ここで逃げたら俺はその人を越えられない」

と俺はミルクが去っていったほうを見て、俺は昔のことを思い出した。


この世界にダンジョンが現れるよりも前。

俺がまだ幼稚園に通っていた頃の話だ。

一緒に遊ぶ予定だった青木《あおき》が風邪を引いて遊べなくなり、ミルクと二人で遊ぶことになった。

ミルクが家からオママゴトの道具を持ってきて、公園の砂場で新婚さんごっこという、今思えば恥ずかしいことをしていた。

「けっこんてたのしいね」

「うん、たのしい」

結婚がなんなのかもよくわかっていない。

ただ、一緒にいるのが結婚だと思っていた。

「パパがね、パパよりつおいひとじゃないとミルクとけっこんさせないんだって」

「じゃあ、ぼくがミルクちゃんのパパよりつよくなるね」

「たいら、ミルクのことすきなの？」

「ミルクちゃんとけっこんするのはたのしいけど、すきなのはとなりのおねえさんかな？」

俺がそう言ったとたん、ミルクが泣きだした。

なんでミルクが泣いたのかわからないバカな俺はひたすら謝った。

そうしたらミルクは俺にこう言った。

「じゃあ、ミルクとけっこんしてくれる？」

「うん……じゃあミルクのパパよりつよくなるよ」


ミルクは当然そんな子どもの頃のことを覚えてもいないだろう。

ただ、俺はそのときから思っていた。

牛蔵さんよりも強くなると。

まさか牛蔵さんがプロボクサーを引退して探索者になるとは思ってもいなかった。

年齢を重ねるごとに、牛蔵さんの活躍をテレビで見るたびに、牛蔵さんを越えるのは無理だって諦めていた。でも、心のどこかで、越えられるのなら——と燻《くすぶ》っていた。

だから、青木にダンジョン探索に誘われたとき、俺はすぐに飛びつき、青木が探索者になるのを諦めても、自分は諦めようとは思わなかった。

牛蔵さんは人々を守るために命がけで戦った。

ここで俺が逃げ出せば、きっとこの後いくらＰＤ《プライベートダンジョン》を利用してレベルを上げても彼を越えることはできないと思う。

「姫、頼む」

俺が頭を下げると、姫は俺の意思を確かめるかのようにこちらを見つめる。

「いくら自衛隊の人がいるとしても危険よ？」

「わかってる」

「運が悪ければ死ぬわよ」

「知らないのか？　俺は運だけは最高にいいんだぜ？」

「そうだったわね」

姫は困ったようにため息をついた。

そして、やけくそ気味に叫ぶ。

「あぁ、もう。わかったわ！　今すぐ行けるのよね？」

姫はそう言うと、どこかに電話をかける。

ネイティブな英語で、かろうじて聞き取れる単語はあっても内容までは理解できない。

そして、話は終わった。

「いったい誰に電話したんだ？」

「いま魔物たちと自衛隊が戦ってるわ。少し離れた場所っていってもそんなところに行けるわけがない。だからこっちで手を打ってるのよ」

と姫が言ったら、今度は彼女のスマホに電話がかかってきた。

即座に出る。

「押野《おしの》姫よ。ええ、ええ、問題ないわ。いまから出発する。二十分で上空に到着するわ。かならず止めてあげる。こちらからの要求は、解決した人物について妙な詮索をしないこと。以上よ
――オッケー、じゃあ現地に着いたら通信を入れるわ。これでいけるわね」

「いまのは？」

「防衛大臣よ。ダディから総理に連絡してもらったの。いまからヘリを飛ばすから攻撃するな。ヘリから降りた人間を攻撃するな。ヘリから降りた人間が魔物を倒してみせるってね。どうする？　顔を隠すもの用意する？」

「大丈夫だ、これがある」

俺はインベントリから変身ヒーローの仮面を取り出す。

英雄の霊薬と一緒に出たやつだ。

もしかしたら、今日、この日のために出たのではないのか？　と思えるくらいピンポイントに使えるアイテムだ。

「これを着けると個人の認識ができなくなる。そういう魔道具だ」

「……凄《すご》いわね。目元しか隠していない変な仮面なのに、今まで話していた私ですら泰良だって認識できないわ」

「変身ヒーローっていうわりには服装は変わっていないけどな……」

「いつもと同じ服なのね。なんとなくいつもと違う気がするわ」

服まで違って見える？

それも変身ヒーローの仮面の効果なのか？

「問題は録画映像でも効果があるのかどうかだが」

「スマホ画面越しで見ても別人に見えるし、大丈夫そうね」

電波に乗せても効果があるのか。

だったらいけるだろう。

「屋上に行きましょう。ヘリのパイロットにはもう伝えたわ」

「ああ」

俺は牛蔵さんの無事を祈り、

「いってきます」

と一言告げて出発する。


ヘリに乗っていても凄《すさ》まじい戦闘音が聞こえてくる。

緊張してきた。

「本当に大丈夫なの？」

「これは武者震いだ」

「そう、怖いのね」

俺の言葉を姫は信用してくれない。さっきは信じてくれたのに。

まぁ、武者震いってのは嘘《うそ》で、本当は怖いが。

「一度降ろすと迎えには行けないわよ」

「大丈夫だ。いざとなったら逃げる手段は確保している」

「……そっちは本当のようね。日本国民を代表して、あなたの勇気に感謝するわ。って、私みたいな見た目の娘《こ》が日本代表って相応《ふさわ》しくないかもだけど」

「見た目小学生だもんな」

「日本人っぽくないって言ってるのよっ！」

姫はため息をつき、そしてとても優しい笑みを浮かべる。

「アヤメもさっきのミルクって子も、あなたが死ぬことを望んでないわ。たとえ百万人の命が救われてもあなたが死ねば絶対悲しむ。だから、逃げる手段があるというのなら、本当に実行して」

「逃げ足には自信があるぞ」

「俊敏値250以上で回避型タンクを目指してる私にそれを言うの？」

姫の返しに、俺も笑みが零れる。

本当にこいつには世話になりっぱなしだ。

いっぱい作ってしまった借りは、ダンジョンで返さないとな。

死ねない理由がまたもう一つできた。

絶対に生きて帰る。

次の瞬間、さっきまで聞こえていた戦闘音がピタリとやんだ。

先ほどの姫の交渉のお陰だろう。

ヘリが降下を始め、道路の真ん中に着地した。

扉が開いた。

俺はヘリから降りる。

振り返り、姫と視線があった。

お互い頷き合う。

挨拶はヘリの中で済ませた。
ヘリは飛び立って行く。
もう後戻りはできない。
俺はさっそく準備に取り掛かる。
PDを生成した。
目の前に階段が現れる。
そして、俺はその階段の中に一歩足を踏み入れ、魔法を放った。
「解放：地獄の業火《ヘルファイア》」
炎が飛んでいったと思うと巨大な火柱が上がった。
これが地獄の始まりの合図だ。

上空のヘリから、私、押野姫は火柱が上がるのを見た。
あれが泰良の魔法……凄い、本当に使えるなんて。
双眼鏡で見る。
さっきまで自衛隊も歯が立たなかった魔物の群れの、そのほんの一部が確かに削れた。

イビルオーガを倒したというのも頷ける威力だ。

この瞬間——彼は世界で最も注目される探索者になったわね。

マスコミのヘリは遠ざけた。

しかし、離れていてもカメラで撮影できるほどの火柱だ。

わかる人にはあれが魔法の炎だと理解できるだろう。

魔法はダンジョンの外で使うことはできない。

ステータスの効果はダンジョンの外では著しく減衰する。

泰良はこの瞬間、その常識を覆した。

きっと、世界は彼を放っておかない。

その方法を求めようとする。

そして、その方法が明らかになったとき、探索者は兵器に生まれ変わる。

この魔物との戦いで、人間は近代兵器の脆《もろ》さを痛感したはずだ。

そして、その代替品になるのが探索者。

銃弾をくらっても死なない人間。

ミサイルより強力な魔法を放つ人間。

お金も技術力も必要のない最強兵器なんて——人類の歴史を冒涜《ぼうとく》しているとしか思えない。そ
れに、それがきっかけで戦争になったら——

泰良はきっと悔やむだろう。

悲しむだろう。

それだけはあってはならない。

必ず、泰良の秘密は守らなければならない。

もう一度火柱が上がった。

先ほどの火柱が上がってから、一分少々しか時間が経過していない。

存分に暴れなさい、泰良。あとのことは私がなんとかしてあげる。

私はそう誓い、彼の無事を祈った。


地獄の業火《ヘルファイア》を使った直後、俺はＰＤの中に入った。

魔力を回復するためだ。

俺の魔力が完全回復するまでの時間は約二時間、百二十分かかる。

体力が万全で、かつ激しい運動をしなかったら、の場合だ。

ＰＤの中だと地上の一〇〇分の一しか時間が経過しないから、実質一分くらいで次の地獄の業火《ヘルファイア》が撃てる。

「ってことになってるんだ」

と俺はダンポンに説明をする。

「無茶をするのですね……ダンジョンに片足を突っ込んだ状態で魔法を使えるなんていつの間に検証してたのです？」

「ははは、ぶっつけ本番に決まってるだろ！　それで、やっぱり無茶なのか？」

「魔物次第なのですよ。炎属性の魔物がいたら対処できないのです」

「そっちはな……テレビの放送を見る限り、獣系の魔物が多かったから大丈夫だと思うが」

炎を完全に無効化する炎竜や火の精霊などが現れたら、それこそお手上げだ。

ダンジョンの中に引きこもって時間が経過するのを待つしかない。

「それと、もう一つ一番重大な問題をタイラは忘れているのです」

「重大な問題？」

「食糧、足りるのです？　魔力を回復させる間は通常以上にエネルギーを消費するからいっぱい食べないといけないのですよ？」

「あっ」

そうか。

食糧……うん、食糧の問題があった。

食べられるものといったら、キノコとドロップくらいだが、サバイバルにおいて重要なのは食糧より水の確保だという。

キノコの八割は水分だっていうから、これを食べ続ければ水不足は解決する。

しかし、生でキノコを食べ続けるのはさすがに。

それに、キノコにはカロリーがほとんどない。

「そうだ、D缶だ！　俺の幸運値を持ってすれば、水の入ったペットボトルや水の出る水筒、カ○リーメイトなんかが出るはずだ！」

今すぐ開けられる缶は三千以上あると言ったが、湯煎をするとか、花の種を供えるとか現時点では開封不可なものも多い。

だが、それでも一割の三百缶以上を現時点で開けることができる。

決まった文言を唱えるとか、人肌で三分温めるとかそういう条件の缶だ。

そして、きっとその中に求めているアイテムがあるはず。


六時間が経過した。

「解放：地獄の業火《ヘルファイア》」

四発目の魔法を放つ。

火柱が上がるのを確認する前にＰＤに戻る。

時間の節約を考えると、一秒でも早くＰＤの中に入ったほうがいいと思った。

きっとこれを見ている自衛隊のみんなは、俺がド派手に連続で魔法を放っているように見えるのだろうな。

実際は二時間に一発で、あとは時間を潰すだけという暇な生活なのに。

その間、ひたすらD缶を開ける。

「よし、開いた……って、青の魔石か」

売れば五百万円にもなる魔石だが、今は必要ない。

「次の開封条件は――ダンポン、この上に乗ってくれ」

「はいなのです」

「よし、開いた！　ダンポンに踏まれるってなんだよ」

中身は――よし、マシュマロ来た！

詳細鑑定しても普通のマシュマロの成分表示しか出ない。

コンビニとかスーパーで百円くらいで売ってるやつだ。

俺はそれを食べる。

うん、うまい。

しかし、空腹は収まらない。

「魔法ってこんなに腹が減るもんだったか？」

「魔法もあるのですが、問題はレベルだと思うのです」

「レベル？」

そういえば確認してないな。

魔力が満タンになったときは感覚でわかるので、敢《あ》えてステータスで確認していなかった。

あれだけド派手に魔物を倒しているんだ。

レベル28になっているかもしれない。

---

壱野《いちの》泰良：レベル30
換金額：７５５１８Ｄ（ランキング：９ｋ～10ｋ〔ＪＰＮ〕）
体力：４５０／４５０
魔力：３／１７０
攻撃：１６７（＋16）
防御：１６１
技術：１４８
俊敏：１４４
幸運：３０１
スキル：ＰＤ生成　気配探知　基礎剣術　簡易調合
　詳細鑑定　獄炎魔法　インベントリ　怪力

レベル30になっていた。

幸運値が３００を突破した。

それと、火魔法が生えていた。

ちなみに、投石ってのは、一〇メートル離れた場所から魔石を投げて当てて開いたD缶の中に入っていたスキル玉で覚えたスキルなので、レベルとは関係がない。

「ちょっと早い……か？　いくら敵が強いっていってもレベルが一気に3も上がらないだろ」

「そりゃ、レベル50相当の魔物をいっぱい倒しているですからね。レベル差で経験値ボーナスも盛り盛りなのですよ」

「レベル差で経験値ボーナスって付くの？」

イビルオーガを倒したときも一気にレベルが上がったが、それはてっきりイビルオーガの経験値が通常より多いからだと思っていた。

現時点で魔物の群れとは最低レベル20以上。

レベル20差とか、安全マージンの設定のない国でもまず行われないだろうしな。

「一気にレベルが上がるとお腹が空くのです。そしてそれはレベルが高いほど顕著に現れるのです」

か。

使い続けていけば熟練度ってのが上がり、使える魔法の種類も増えて、魔力も増えるって感じ

獄炎魔法は地獄の業火《ヘルファイア》しか使えないが、魔力の消費に応じていくつかの種類が使えるらしい。

火魔法っていうのは、うん、理解した。

「そういうものなのか……」

そういや、アヤメも何種類か風魔法を使っていたな。

マシュマロを食べながら俺は考える。

って、もうなくなった。

そろそろ喉が渇いてきたな。

次は飲み物が欲しい。

「D缶、開けっ！」

俺の剣で缶をトントンと叩《たた》く。

出てきたのは砥石《といし》だった。

ただの砥石で、特別な効果はない。

俺の剣が切れ味悪すぎるから、いい加減に研げっていいたいのだろうか？

剣を砥石で研いでいいのかは知らないし、ちゃんとした研ぎ方も知らない。

それに、欲しいのは水と食べ物だ。

いい加減に気付いていたが、どうやら缶の開封条件と中身には因果関係があるらしい。

まぁ、鍋で温めたらホカホカのコーンスープが完成したときからなんとなく気付いていたが。

てことは、水が入っているっぽい条件の缶を開ければいいんじゃないかとも思ったが、それがわかれば苦労しない。

自動販売機に入れるとか、グラスに入れるとかわかりやすい条件のものはないだろうか？

と思いながら片っ端から缶を開けていたらまた時間になった。

「行ってくる」

俺は階段から上がって魔法を放とうとする。

すると、目の前に黒い狼《おおかみ》の魔物が迫ってきていた。

「っ!?　燕返《つばめがえ》し」

咄嗟《とっさ》に身体《からだ》が動き、ウルフを上空に切り上げ、

「解放：地獄の業火《ヘルファイア》」

と上空のウルフに魔法を放つ。

距離が近いと思ったときには俺は爆風に巻き込まれ、階段の下に落ちていた。

さすがに死ぬかと思っ……嘘だろ？

ぼーっとしている暇はなかった。

俺は立ち上がると、即座に構えを取る。

さっきの狼がＰＤの中に入ってきていたのだ。

どうなってるんだ？　俺専用ダンジョンじゃないのかよっ!?

ＰＤの入り口で黒い狼と向かい合う。

まさかダンジョンの中に魔物が入ってくるなんて。

いざとなったらＰＤの中に引きこもればいいと思っていたのに、これは想定の範囲外だ。

なんで魔物が入ってきているんだ!?

ダンポンは言ったじゃないか。

『通常の方法で他の人が入ることはできないのです』

……ん？

他の人、？

魔物が入れないなんて一言も言ってねぇっ!?

「ダークネスウルフなのですっ！　レベル80相当の魔物なのですよ！」

「イビルオーガより20も上ってことか。ダンポン、手伝ってくれないか」

「僕はダンジョンの管理はできても戦闘力は皆無なのですよ。そいつはダンプルが生み出した魔物なので手出しできないのです」

「やっぱりダメか」

十三階層に出てくるイビルオーガはレベル60相当。

レベル30の俺の倍のレベルか。

相手は地獄の業火《ヘルファイア》の一撃を食らい、さらにさっきは気付かなかったが脚に切り傷がある。

俺の燕返しのものではない。

俺の剣の切れ味は皆無だ。

自衛隊の攻撃でもないだろう。

だとすると考えられるのは、たった一つ。

(牛蔵さん……)

あの人が付けた傷に違いない。

もしもあの傷がなかったら、俺が階段から地上に出る前にダークネスウルフにＰＤの中へ入ってこられていた。

寛《くつろ》いでいるところであの攻撃を食らっていたら死んでいただろう。

どうやら、俺はまた彼に助けられたようだ。

そして、魔物の移動にも説明がついてしまった。

このダークネスウルフは真っすぐ静岡県立総合病院に向かっていた。

きっと、牛蔵さんを追っていたのだろう。

このダークネスウルフとの戦い、彼からのバトンと考えるべきだ。

絶対に勝てない相手じゃない。

このダークネスウルフは既に一発、地獄の業火《ヘルファイア》が直撃している。

脚に怪我もしている。

こちらは魔力が皆無だが、相手も万全ではないってことだ。

「タイラ、悠長にしている暇はないのですよ！　ダークネスウルフが攻撃してこないのは、体力を回復させるためなのです」

「ちっ、わかってる」

どのみちもう一度地獄の業火《ヘルファイア》を撃てるまで魔力は回復しない。

だったら、あいつの体力が回復する前に決めるしかない。

俺は剣を構えて、ダークネスウルフに向かっていく。

「必中剣！」

当たった。しかし、ダークネスウルフの身体はまるで大岩のように動かない。

だったら――

「燕返し！」

と流れるように下から上に切り上げる。

さっきもこれで弾《はじ》き飛ばした。

今度も――

「っ!?」

ダークネスウルフが横に跳んで躱《かわ》した。
そして俺に噛《か》みつこうと襲い掛かってくる。
俺は咄嗟にＤ缶を取り出してダークネスウルフの口の中に押し込む。
が、肩に激しい痛みが。
鋭い爪で抉《えぐ》られたかと思ったが、掠《かす》っただけだ。
掠っただけでこの痛み。
俺の剣なんかより遥《はる》かに切れ味が鋭い。
だが、退《ひ》いてはいられない。
時間を取って体力を回復されたらもう俺に勝ち目はない。
俺はＤ缶を投げる。
ダークネスウルフはもうその硬さを気付いているのだろう。
それを避《よ》ける。
やけに大袈裟《おおげさ》に避けている気がする。
よく見ると、ダークネスウルフの牙が折れている。
Ｄ缶を噛んだせいだろう。
Ｄ缶は衝撃を受け流し、その向こうに伝わる。
そんなＤ缶に噛みついたのだ、そりゃ歯も無事では済まない。

Ｄ缶に苦手意識を持つには十分ってことか。
休ませるな。
少しでも奴の体力を消耗させせろ。
投石スキルでＤ缶を投げる。
投げる。
投げる。
こっちにはＤ缶が山ほどあるんだ。
右腕を一本くれてやる。
せいぜい踊ってみせろ。
投石スキルはこのときのために手に入れたってことか。
とはいえ、これで解決するわけじゃない。
Ｄ缶は硬いが軽い。
当たったところで大したダメージはない。
ダークネスウルフがそのことに気付かないわけがない。
すぐにでも――
（来たっ！）
ダークネスウルフが突っ込んでくる。

Ｄ缶に当たるのもお構いなしに。

俺はＤ缶を投げた。

直後、その蓋が開き、中からそれが飛び出した。

「ガウッ！」

初めてダークネスウルフが悲鳴らしい鳴き声を上げた。

いい悲鳴を上げてくれる。

中に入っていたのは俺が作った薬だ。

薬といっても、体に良いものばかりではない。

それは毒薬だった。

キノコの中には毒キノコも混じっていた。

そして、その毒キノコにも様々なものがある。

毒状態にするもの、麻痺させるものなど。

俺が投げたのは、その中の一つ——とにかく臭いものだ。

魔物が接近したとき、これを投げたら進路を変えるのではないかと思っていたが、まさかＰＤの中で使うことになるとは……くそ、俺も臭い。

ダンポンも涙目になっていると思う。

「卑怯だなんて思う——ごほっ、がはっ、おえぇぇぇ」

決め台詞《ぜりふ》も言えない。

口から激臭が入ってくる。

納豆百パックとくさやとシュールストレミングを濃縮したような臭いだ。

シュールストレミングの臭いを俺は知らないけれど。

俺もこんな状態になっている。

当然、人間の何百倍も嗅覚の優れているお前にはつらいよな、ダークネスウルフ。

俺はその臭いに耐えながら、剣を握った。

それでも勝負が楽だったかといえばそんなことはない。

牛蔵さんが与えた脚の傷、地獄の業火《ヘルファイア》の一撃、毒キノコから作った激臭。

このどれか一つでも欠けていたら、負けていたのは俺のほうだっただろう。

「あ……そうだ、こういうときはあれだ」

俺は父さんから読ませてもらった漫画の台詞を思い出して言った。

「ハナクソをほじる力も残っちゃねえや」

そう言ったら笑えてきた。

漫画の力って凄いな。

「ダンポン、ちょっと寝る。二時間経ったら起こしてくれ。次の魔法を放つから」

「わかったのです。でも、もう魔法を放つ必要はないと思うのです」

「どういうことだ？」

「んー、二時間後にわかると思うのですよ」

そっか、二時間後か。

じゃあ、少し寝るとする。

あぁ、寝る前にトイレに行きたい……排泄物《はいせつぶつ》だけならスライムが食べてくれるけれど、トイレットペーパーがないんだよな。

そう思いながら、俺は寝袋にくるまった。

ダンポンがファ〇リーズをあちこちにかけていた。

あぁ、そういえば悪臭に満ちているんだったな。

戦いの中ですっかり慣れてしまった。

もう臭いとかどうでもいい。

とにかく寝たいよ。


ダンポンに起こされ、地上に向かった俺が見たのは、撤退する魔物の群れだった。

地上に出る前にダンポンが言った通りだったな。

俺が倒したダークネスウルフは、今回の魔物たちのリーダーだった。

その魔物が倒された現在、魔物はダンジョンに戻っていく。

無事に終わったな。

自衛隊の皆さんから歓声が上がる。

俺は片手を上げてそれに応えた。

俺は姫の乗っているヘリのほうを見て手を振る。

それで伝わったのだろう。

ヘリがこちらに向かって降下してくる。

道路の真ん中に再度着地する。

そして扉が開き、姫が降りてきた。

「泰良、最高よ！　あなたは本当に……臭いっ!?」

「え？」

褒められるどころか悪口を言われた。

「何、この臭い。ニュージーランドで食べたエピキュアーチーズより臭い！」

「ダークネスウルフを倒すのにとっても臭い毒薬を使ったんだ。身体に害はないから大丈夫だぞ」

「そんなに臭くて大丈夫なわけないでしょ！　お風呂に行くわよ！　この近くに押野リゾート系

列のホテルがあるわ。他の客は避難しているはずだから、そこのお風呂で身体を清めなさい！」

「俺は帰って本格的に寝たいんだが――」

「そんな状態でヘリに乗せてあげられるわけないでしょ」

俺はもう慣れたが、この臭いだと姫と操縦士の人がかわいそうか。

仕方がないので俺たちはホテルに移動を開始する。

移動手段は徒歩だ。

すると、自衛隊員の一人がこっちに走って来た。

「探索者殿、お待ちください。詳しく話をお伺いしたく――」

「どきなさい。防衛大臣から話を聞いているでしょ？　私たちに関わらないで。これから彼をお風呂に入れないといけないのよ。それともキング・キャンベルを、米国を敵に回したいの？」

姫が毅然《きぜん》とした態度で言うと、自衛隊員は一歩引き下がる。

「私一個人としての発言をさせていただきます」

彼はそう前置きをし、敬礼した。

「我々を、そして魔物の進行方向にいたと思われる国民の命を救ってくださりありがとうございます。どこのどなたかは存じませんが、あなたはこの国の英雄です」

英雄……か。

なんか気恥ずかしいな。

さて、そろそろ行くか。

「あぁ、それとこのスマホ、さっきから着信音が鳴りっぱなしだったわよ？」

と姫がスマホを俺に渡してくれる。

着信履歴七五件っ!?

母さん、父さん、ミルク、それにアヤメもっ!?

とりあえず、母さんに電話をかける。

『泰良、今何時だと思ってるの！　いくら男の子でも連絡もなしに。いったい、今どこにいるの!?』

「えっと、静岡？」

『静岡っ!?　泰良、いったい何を考えて――』

「ごめん、明日ゆっくり説明するから」

『ゆっくりって、今日は母の日で――』

「ごめんね、母さん。着信があったから。また明日――」

そして着信のあったミルクの通話に出る。

『泰良、パパが目を覚ましたの。泰良のお陰で――』

「ああ、うん、よかったな」

『それで泰良はどこに行ったの？　もしかして帰ったの？　パパが会いたいって』

「悪い、これから姫と一緒に風呂に向かうんだ。終わったらそっちに一度行くから」

『姫っ!? え、誰？ 一緒にダンジョンに行くって言ってた女の子っ!? 一緒にお風呂って、そんなの不潔よ』

「不潔なのはわかってる。だから風呂に行くんだよ。あぁ、電話がかかってきたから切るぞ」

母さんかと思ったらアヤメだった。

『壱野さん、テレビの魔法、壱野さんの魔法ですよね!? 顔は全然違いますけど、ヘリにも押野グループのロゴが書いてありましたし』

「あぁ、うん。気のせい気のせい。俺はいま家にいるから静岡になんていないよ」

『本当ですか？ でも、いま電話をしている仮面の人の姿がテレビに映ってるんですけど』

「え？ テレビにっ!? ごめんね！ 今度、今度詳しく話をするから」

『ちょっと待ってください、壱野さん!? 壱――』

通話終了。

ごめんね、アヤメ。

近くにテレビのカメラはない。

てことは、遠く離れた場所から望遠レンズで？

「姫、テレビに映ってるらしい。急いで逃げないと」

「わかったわ。自衛隊員さん、この人は目立ちたくないの。各テレビ局にこの人のことは映さないように言っておいてちょうだい。もちろん追いかけるなんてもってのほかよ」

姫がそう言うと、自衛隊員の人は「かしこまりました。上に伝えます」と言って無線機で連絡を取り始めた。

俺たちは改めて風呂に向かう。

「ホテルの風呂に凱旋《がいせん》だ」


『不潔なのはわかってる。だから風呂に行くんだよ。あぁ、電話がかかってきたから切るぞ』

と泰良が電話を切った。慌てて掛け直しても繋《つな》がらない。

もう、泰良は何をしているんだろう。

「電話が繋がらないのか?」

「うん」

「そうか……礼を言いたかったが残念だ」

パパが少し疲れた顔で言った。

まだ本調子ではないらしいけれど、さっきまで生死の境を彷徨《さまよ》っていたとは思えないくらいの回復で、お医者様たちも驚いていた。

これも全部泰良のお陰。

バイトウルフを倒したときもそうだけど、あんな伝説級の薬を手に入れるなんて、泰良はどこまで強くなっているのだろう。

『ミルクの親父さんより強くなってやる』

パンケーキを奢《おご》ってもらったあの日、泰良が言った言葉も本当になるんじゃないかって思ってしまう。

「ねぇ、パパ。昔の約束覚えてる？」

「なんの約束だ？」

「パパより強い人を連れてきたら私との結婚を認めてくれるって話」

きっと泰良は忘れていると思う、子どもの頃の彼との約束を思い出して私はパパにそう尋ねた。

# エピローグ

学校の教室で俺は死んでいた。

「なんだ、眠そうだな、壱野《いちの》。徹夜でゲームでもしてたのか？」

「いや、旅行に行ってたんだ。これお土産」

と俺は、風呂に入ったホテルで買ったお土産の一つを青木《あおき》に渡す。

お土産の一つや二つ買って帰らないと父さんと母さんを宥《なだ》められないと思ったからだ。

「黄色い蒸しケーキ？　富士山静岡って、お前、静岡に行ってたのか。そりゃ大変だったな」

「ああ、本当にな」

昨日、風呂に入ったあとのことを話す。

その後は車で総合病院に。

だが、タクシーが用意できない。

当然だ、自衛隊の安全確認が終わったとはいえ、タクシーの運転手も避難して近くにいないのだから。

結局、避難せずに残っていた副支配人だという偉そうな人が運転してくれることになった。

牛蔵《ぎゅうぞう》さんは一度意識を取り戻した後、また寝てしまったらしい。

ミルクのお母さんにはとても感謝された。

ミルクにも感謝されたが、それと同時に「姫《ひめ》ってだれ？　お風呂ってどういうこと？」と詰め寄られた。

ミルクのお母さんが止めに入ってくれなかったら面倒なことになっていたな。

本当は牛蔵さんが目を覚ますのを待ちたかったが、明日、学校があるから帰らせてもらうことにした。

当然、ヘリで帰れるものと思っていた俺だが、ここでヘリに乗って帰ったら目立つと言われた。

電車の始発を待っていたら学校に間に合わない。

じゃあ、どうやって帰るんだってなって、タクシーで帰ることになった。

タクシー代で十五万円とかなんか見たこともない額になっていた。

家に帰ったら、もう朝といってもいい時間で、母さんと父さんにメッチャ怒られた。

牛蔵さんの治療のためだったと説明して納得してくれた。

そして、学校に行く時間になり、駅に自転車を置きっぱなしにしていることに気付いて寝不足の身体《からだ》に鞭《むち》打って、全力で駅まで走った。

ＰＤ《プライベートダンジョン》で休めばよかったって思うかもしれないが、ＰＤの中はまだ異臭が漂っていて、風呂に入ったあとだと入ることができなかったのだ。

「昨日はヤバかったよな。米軍の秘密兵器がなかったら何人の犠牲者が出たかわからないってテレビでも言ってたし」

「あぁ、米軍の秘密兵器ね……」

当然、その後、政府が開いた記者会見で各メディアは仮面の男の正体を尋ねた。

その記者会見場に颯爽《さっそう》と現れたのが、あのキング・キャンベルだった。

そして、彼は通訳を通し、こう説明をした。

『あれはわが社とアメリカ陸軍が共同で開発した魔導兵器を使用させてもらった。まだ開発途中のため具体的な情報は明かせないし、本来は表に出してよいものではないのだが、この国の総理からの要請を受け、友好国の日本のピンチということで導入させてもらった。軍事機密のためこれ以上話すことはできないが、魔物に対して効果はあっても、人間に対しては通常兵器のほうが効果が高い。対魔物用のみに使用する兵器と考えてほしい』

軍事機密と言われたらそれ以上は質問できないし、人間相手ではなく魔物相手の武器と言われたら安心感もある。

ネットでは仮面の男と一緒に映っていた女性がキング・キャンベルの娘である押野《おしの》姫であることまで特定されていて、それがキングの発言の信憑性《しんぴょうせい》を押し上げる一因になっていた。

しかし、キング本人が登場するとは思ってなかったな。

姫はたくさんいる子どものうちの一人としか思われていないって言っていたけれど、娘の頼みを聞いてここまでしてくれる優しいパパじゃないか。

「でも、気になるよな。あの土魔法で地面に潜ってたのはなんでだ？　地面の中でしか魔力を充填《じゅうてん》できないとかか？」

俺がＰＤに潜っているのは、土魔法の一種、『潜土《ダイビングアース》』によるものだと思われたらしい。

地面の下に隠れる魔法だが、テレビを見ている人には確かに意味不明な行動に思えただろう。

「青木は昨日ダンジョン行ってたんだろ？　レベルいくつになったんだ？」

「昨日の梅田《うめだ》ダンジョンはガラガラだったからな！　なんともうレベル４まで上がったぞ！」

「そうかぁ……よかったな」

「その様子だとお前はレベル６くらいだな。笑っていられるのもいまのうちだぞ」

青木に宣戦布告されたが、俺はそれすらも笑って受け流した。


「だから、姫はただのパーティメンバーだって。姫ってのは本名で、変な意味じゃないし。一緒にダンジョンで戦うだけ。俺が強いのお前も知ってるだろ？」

『でも、なんで呼び捨てなの？』

「そう頼まれたんだよ。姫はアメリカ出身だからそういう距離感が日本とは違うんだろ？　第一、ミルクだって呼び捨てにしてるじゃん」

『そうだけどさ……』

「今度、こっちに帰ってきたら紹介するからさ。仲間外れにするつもりはなかったんだよ。拗《す》ねるな」

『……紹介ね。わかった、絶対に時間を空けるから』

電話越しに覇気が伝わってくるな。

さて、電話も終わったし、ＰＤに行くとするか。

俺は庭でＰＤに入っていく。

と同時に、

「──っ!?」

黒い影が俺に飛びついてきた。

ダークネスウルフだと理解したときには手遅れだった。

完全に油断した。

武器も何も持っていない。

この距離では魔法も使えない。

D《ディー》缶を出す暇も――

「……え？」

なんか、ダークネスウルフが小型化していた。

そして、俺の顔を舐《な》めている。

まるでチュー○を舐める犬のように舐めている。

「泰良、ようやく来たのですね？　あのあと臭いを消すの大変だったのですよ？」

「ダンポン、これ、なんだ？」

当たり前のように出迎えてくれたダンポンに尋ねる。

「これ？　ああ、ダークネスウルフなのですよ。昨日、泰良が帰ったあと部屋の隅で泡を吹いて倒れていたのです」

「いや、俺、倒しただろ？　確実に――」

「倒して、生き返ったのですね。泰良に服従を誓ってるので、大丈夫なのですよ」

「俺に服従って――え？」

「ダンプルによって生み出された魔物なのですが、倒してダンジョンのエネルギーとして還《かえ》るはずが、このダンジョン内で死んだせいでダンプルのダンジョンに還ることができず、こんな感じになったのですよ。魔物をペットにするなんて、泰良が初めてなのですよ！　おめでとうなのです」

ダークネスウルフが俺のペット!?

俺の母さん、ペット反対派なのに、どう説得すればいいんだよっ!

俺の幸運値が異常に高いっていうのは、もしかしたら気のせいかもしれない。

「わふっ!」

俺の心の叫びを無視するかのように、ダークネスウルフが犬のように鳴くのだった。


アメリカに戻るプライベートジェット機の中で、隣に座る黒いマシュマロのような生物に私、キング・キャンベルは話しかける。

『これも君の想定の範囲内かね？　ダンプルくん』

『いや、まさか君以外にダンジョンの外で魔法を使える人間が現れるとは思わなかった』

『そうか。てっきり君が浮気をしたのかと思ったよ』

『まさか——僕のリソースはそれほど大きくない。二つの椅子の間に座ったら落下《sit between two stools》するだけだよ』

二兎《にと》を追う者は一兎をも得ずという感じで、ダンプルはそう言った。

『そうか。さて、ここまで距離を詰めればもう行けるか。では、我々の戦場に戻るとしよう』

『ああ、そうだな』

『解放：空間転移《テレポーテーション》』

そう言うと、私とダンプルくんの姿は太平洋の上空から一瞬で消え去った。

書き下ろしSS

# アヤメと式神

「……壱野《いちの》さん」

壱野さんとダンジョンに行く前日。

私、東《あずま》アヤメはベッドに横になり、彼のことを思い出すと、ペンギンのぬいぐるみを抱いてベッドの上でゴロゴロと転がらずにはいられません。

こんなところ、妹に見られたら私がおかしくなったと思われることでしょう。

「私は誰かと付き合ったらダメだってわかってるんだけどなぁ……」

私はそう言って、ベッドの下から一枚の紙を取り出します。

人の形をした紙です。

そう、陰陽師《おんみょうじ》が使うアレです。

実は私、陰陽師の末裔《まつえい》だったのです。

「えいっ！」

と力を籠めると、式神はポンッと空を浮かび、宙を舞ったかと思うとすぐに地面に落ちてしまいました。

「やっぱり無理かぁ……」

魔術士として魔力の覚醒をした私ですが、陰陽師としての才能はからっきしのようです。

私の母方の祖母はそれはそれは優秀な陰陽師なのですが、残念ながらその才は母には引き継がれず、さらに私の代で隔世遺伝として覚醒することもありませんでした。

式神を出すには強い想《おも》いが必要だって祖母は言っていたけど、それがどうやったらいいのかわかりません。

掃除をして——

「ってあれ？　紙がない？」

さっき式神を作るために使った紙がどこを捜してもありませんでした。

どうしたのだろう？　と思ったら。

「どうしたんだい、東さん。何を捜しているんだ？」

その声は——壱野さんっ!?

と振り返ってみると、そこにいたのは三頭身くらいの可愛《かわい》らしい人形でした。

ほとんどねんぷちですが、どことなく壱野さんに似ています。

え？　私の想いが壱野さんの式神を作っちゃったってことですか？

まさか、初めて成功した式神が壱野さんをモデルにしているなんて。

「悩み事なら俺に言ってごらん（キラン）」

笑う歯が輝いています。

私の痛い想像が全部現実になっています。

正直、傍《はた》から見たら痛いですが、声は本当の壱野さんなんですよね。

「式神さん。声を録音させてください」

私はスマホを取り出します。

「もちろんだ。君の願いならなんでも聞くよ」

「では、『アヤメ、愛している』と」

「もちろんだ。アヤメ、愛しているよ」

その言葉に悶《もだ》え苦しみそうになりながらも、次の声を録音します。

寝るときの挨拶、朝の挨拶と次々に録音していきました。

正直、何やってるんだろって気にはなります。

これって、私が創った式神なんですから、結局のところ私の一人芝居なんですよね。

ひとしきり録音し終えたところで、音を再生してみます。

しかし聞こえてくるのは私が途中で悶え苦しむ声だけ。

そうでした、式神の声は呪術的な声なので、機械で録音できないんでした。

だったら、この壱野さんに何をしてもらいましょう?

さすがにねんぷち壱野さんと恋愛は難しいですね——そう思っていたら——

「あっ」

私が作った式神はやはり未完成だったようで、元の人型の紙に戻っていました。

「壱野さん……」

偽物であっても、さっきまでいた壱野さんがいない。

それがとても悲しくて……

【壱野さん：もしよかったら、今度の日曜、一緒にダンジョンに行かない？】

「行きます！」

メッセージだというのに私は声を出して即答していました。

壱野さんと一緒にダンジョンですか。

これはお弁当の準備をしないといけませんね。

そうです、才能のない陰陽師の修行より、いまはまず、お弁当の練習に時間を費やしましょう。

そして、その次の日曜日、無事に「おやすみ、アヤメ」という本物の壱野さんの生声の録音に成功したのでした。

壱野さん、やっぱり大好きです。

# あとがき

本書を最後までお読みいただき、ありがとうございます。

はじめに、この物語で一つだけ現実と大きく異なる点があることをお詫び申し上げます。

この小説の舞台は大阪を中心にしていますが、登場人物の多くは関西弁を使っていません。そこに違和感を持つ方もいらっしゃると思いますが、あくまでフィクションとして割り切っていただけると助かります。

この物語は、関西を舞台にしたファンタジー小説を書きたいな、というたったそれだけの気持ちで生まれました。

作者自身も大阪の出身で、これなら取材に行かなくてもいいし楽でいいなと思っていたのですが、実際に書いてみると「あれ？　大阪人ってなんだっけ？」となんかゲシュタルト崩壊のような感覚に陥って、少し混乱してしまいましたが。

そういうわけで、関西の実在する地名や、銘菓などもこの物語には登場しています。今回は有名な場所がほとんどでしたが、ちょっとマイナーな店なんかもあり、地元に住んでいらっしゃる方は「あぁ、あそこのことか」とニヤリとしたのではないでしょうか？

逆に関西以外の出身の読者様はこの本を読んだ結果、大阪に旅行に行こうと思う人は稀だと思いますが、大阪に来たときに「万博公園の横の商業施設ってここのことか。オムライス本当に売ってるんだ」とか「あべのハルカスに来たんだから、隣の公園にも行ってみようかな?」と少しでも楽しんでいただければ、作者冥利に尽きます。

ただ、ミルクと一緒に行ったランチのお店のように実在しないお店もありますので、「あのお店を探したけど見つからないよ」と言うことのないようにお願いします。

最後に少しだけ宣伝をさせていただきます。

本作のコミカライズ企画が本書発売日時点において進行中です。

この物語を漫画で読みたいという方がいらっしゃいましたら、是非、WEBマンガ配信サイトコミックグロウルのホームページを覗いていただけたらと思います。

それではまたどこかのあとがきで会えることを願っています。

時野洋輔

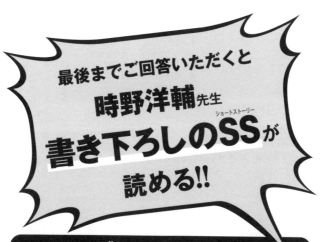

［ブシロードノベル］
**幸運の初期値が異常に高かった高校生が、缶詰ガチャで手に入れたスキルを使って現代ダンジョンで最強になる物語　1**

2025年3月7日　初版発行

著　者　時野洋輔
イラスト　さす
発行者　新福恭平
発行所　株式会社ブシロードワークス
〒164-0011　東京都中野区中央1-38-1 住友中野坂上ビル6階
https://bushiroad-works.com/contact/
(ブシロードワークスお問い合わせ)
発売元　株式会社KADOKAWA
〒102-8177　東京都千代田区富士見2-13-3
TEL：0570-002-008（ナビダイヤル）
印　刷　TOPPANクロレ株式会社
装　幀　宇都木スズムシ（ムシカゴグラフィクス）
校正･DTP　鷗来堂
初　出　本書は「小説家になろう」に掲載された『幸運の初期値が異常に高かった高校生が、缶詰ガチャで手に入れたスキルを使って現代ダンジョンで最強になる物語』を元に、改稿・改題したものです。
担当編集　飯島周良


ISBN 978-4-04-899758-4 C0093